Die Brücke

GHODSI HOSSEINI

ÜBERSETZT AUS DEM
ENGLICHEN VON

PHILIP JANY

Die Brücke
Copyright © 2021 by Ghodsi Hosseini.

All rights reserved. No part of this publication may be reproduced, distributed, or transmitted in any form or by any means, including photocopying, recording, or other electronic or mechanical methods, without the prior written permission of the author, except in the case of brief quotations embodied in critical reviews and certain other non-commercial uses permitted by copyright law.

Tellwell Talent
www.tellwell.ca

ISBN
978-0-2288-5107-3 (Paperback)
978-0-2288-5108-0 (eBook)

Ich widme meine Geschichte meiner geliebten Familie:
Afsin, Farzin, Daryoush und dem kleinen Charlie.

Besonderen Dank geht an meine guten Freunde
Ina D. und Hannelore Thospann

INHALTSVERZEICHNIS

Vorwort		vii
Kapitel 1	Überquerung	1
Kapitel 2	Charlie	3
Kapitel 3	Die Regeln der Brücke	5
Kapitel 4	Das Haus	8
Kapitel 5	Nur ein Tag zum Lieben	10
Kapitel 6	Stille ist der Beginn des Hörens	14
Kapitel 7	Emanzipation	18
Kapitel 8	Namen	20
Kapitel 9	Padid-Baum*	22
Kapitel 10	Spring hinab!	25
Kapitel 11	Balance	27
Kapitel 12	Das Herz eines Löwen oder der Geist eines Wolfes	29
Kapitel 13	Das Hotel Gottes *	31
Kapitel 14	Nest der Ameisen	33
Kapitel 15	Apana	35
Kapitel 16	Wiederholung der Kindheit	37
Kapitel 17	Die vierzig Geschichten	39
Kapitel 18	Es ist zu spät	41
Kapitel 19	Die Wurzeln des Palid-Baums *	46
Kapitel 20	Kinder von heute, Kinder von gestern	48
Kapitel 21	Gebrochene Flügel	51
Kapitel 22	Die Marienkäferdame	54
Kapitel 23	Wie sieht Gott aus?	57
Kapitel 24	Die große und der kleine Div*	60

Kapitel 25	Camisado	63
Kapitel 26	Weinen ist der Spiegel des Lachens	66
Kapitel 27	Das Schönste	68
Kapitel 28	Das Abkommen	70
Kapitel 29	Stille ist der letzte Schritt	73
Kapitel 30	Käfige	75
Kapitel 31	Die Auferstehung	76
Kapitel 32	Die Rückkehr	78
Kapitel 33	Atlas	79
Kapitel 34	Der Wasserfall	80
Kapitel 35	Tausende und abertausende Tropfen	82
Kapitel 36	Das entlarvte Land	83
Kapitel 37	Wie die Flüsse sterben	85
Kapitel 38	Prinz Zaal*	87
Kapitel 39	Die Meditation	89
Kapitel 40	Die Einladung	91
Kapitel 41	Die Hände mit Kerzen	92
Kapitel 42	Der Lichttunnel	94
Kapitel 43	Die Kinder der „Wahrheit"	95
Kapitel 44	Halluzinatorische Namen	100
Kapitel 45	Ein Kuss auf Divs Stirn	102
Kapitel 46	Vertrauen	105
Kapitel 47	Glück ist die Belohnung für die Erfüllung deiner Pflicht	107
Kapitel 48	Die Geschichte von Zaal	109
Kapitel 49	Der vertriebene Div der Geschichten	111
Kapitel 50	Der Ring	114
Kapitel 51	Tanz des Feuers auf dem Wasser	116
Kapitel 52	Hingabe	118
Kapitel 53	Plankton	120
Kapitel 54	Ein Land namens Welt	122

VORWORT

Ich bin Ghodsi Hosseini, eine Frau aus dem Land der Schönheit und Hässlichkeit, der Originalität und Tradition, der Gerechtigkeit und Diskriminierung. Wie zig Millionen anderer Iraner bin ich in einer religiösen Familie aufgewachsen, und wie Millionen iranischer Kinder habe ich die Revolution, den Krieg, die Korruption und das ideologische Auseinanderbrechen meines Landes miterlebt. Wie Tausende iranischer Mädchen mit einer Identität, die sich stark von unseren traditionellen Müttern unterscheidet, habe ich mich heimlich verliebt, meine Jugend genossen und mich mit der Außenwelt verbunden. Wie nur wenige Frauen in meinem Land habe ich meinen eigenen Ehemann gewählt. Als es für mich und meine Familie zu schwierig wurde, für Freiheit und die grundlegenden Menschenrechte zu kämpfen, mussten wir in einem sicheren Land Zuflucht suchen, um unseren Sohn in einem neuen Land großzuziehen und ihm eine hellere Zukunft aufzubauen, weit weg von Krieg, Zerstörung und dem toxischen Bildungssystem.

Dies ist meine Geschichte über meine ersten Asyltage in Deutschland und dann meine unbeabsichtigte Reise nach Kanada, die sich aufgrund schlechter Nachrichten ergab. Dort begann ich den Tod, das Leben und die Schönheit und Hässlichkeit der Welt zu verstehen. Endlich wurde mir klar, dass es nur eine Nation auf der Welt gibt, die „Menschen" heißt, und nur ein Land, das „die Welt" genannt wird.

KAPITEL 1

Überquerung

Als sie vor dem Eisentor stand, hatte sie ihre Entscheidung getroffen. Sie klopfte mit der Faust an die Toröffnung. Sie war kalt und steif. Nana wusste instinktiv, dass etwas passieren musste. Die Tür öffnete ihre bleiernen Augen und fragte: „Was willst du?"

Nana antwortete: „Überqueren!"

Das Tor fragte: „Was weißt du über das Überqueren?"

Nana dachte eine Weile nach. Manchmal langweilt man sich nur, ist frustriert oder enttäuscht. Du musst gehen. Warum? Du weißt es nicht. Wohin? Du weißt es nicht. Du hast das Gefühl, dass du bestehen musst, und dieses Gefühl frisst deine Tage und Nächte wie eine Krankheit. Der passive Zustand des Nichts. Manchmal denkst du, überqueren bedeutet Neubeginn, Veränderung oder Rettung. Was auch immer es ist, von einem verlorenen Gestern bis zu einem zweideutigen Morgen, macht keinen Unterschied. Die absolute Antwort lautet also „Überqueren". Sie fühlte Schmerzen in ihrem Herzen aufgrund all dieser Verwirrung, und Tränen ströhmten aus ihren Augen. Das Tor verstand, dass es wirklich an der Zeit für Nanas Überquerung war.

Es öffnete kalt und enttäuscht den Mund und schluckte Nana sowie ihren Mann und Sohn, die bei ihr waren. Verschluckt zu werden war kein seltsames Gefühl. Es war wie ein Sprung in ein Schwimmbecken - ein Gefühl von Schwindel, Verlust und Loslösung. Dieses Gefühl war, als würde man von zwei Augen gefangen genommen und verzaubert. Erst nach der Jagd merkt man im dunklen Bauch des Jägers, dass man gejagt wurde. Geschmack des Todes.

Nachdem sie das Eisentor passiert hatten, befand sich vor ihnen eine lange, breite Brücke. Die erste Schneeflocke, die auf Nanas Hand landete, schmolz, und ihre einzigartige geometrische Form wurde deformiert und in einen klaren Wassertropfen verwandelt. Wie ein Spiegel reflektierte er die sie umgebende Welt. Ihre Reise auf der Brücke begann. Was würde sie am Ende der Brücke erwarten?

KAPITEL 2

Charlie

Nana und ihre Familie waren noch keine paar Schritte auf der Brücke gegangen, als sich plötzlich eine junge, nackte Frau mit schwarzen und zerzausten Haaren, einem schlanken Körper und blasser Haut aus dem Nebel von der Brücke warf und rief: „Asyl, Asyl! "

Nana hatte Angst und fragte langsam: „Was ist Asyl?"

Eine Stimme hinter ihr antwortete: „Es bedeutet ‚Zuflucht'."

Nana drehte sich um und sah einen kleinen weißen Hund, der aussah wie ein Spielzeug. Er wedelte mit dem Schwanz und versuchte, Nanas Aufmerksamkeit mit seinen braunen knopfartigen Augen zu erregen.

Nana fragte: „Wer bist du?"

Der Pudel antwortete: „Charlie!"

„Wo ist dein Herrchen?"

„Mein Frauchen wurde verschluckt."

Nana verdrehte überrascht die Augen und fragte: „Was?"

Charlie antwortete traurig: „Ich weiß es nicht genau. Ein Freund von mir sagte mir einmal, dass ich sie nach einer der Brückenregeln nicht mehr sehen kann, weißt du? Hier auf der Brücke gibt es einige einschränkende Regeln. "

„Oh, du armer Hund! Was wirst du jetzt machen?"

„Ich werde Zuflucht in der nehmen!" Und mit seinen unschuldigen Augen sah er Nana tief in die Augen. Nana flüsterte, während sie in die Ferne starrte: „Zuflucht. Die schönste und hässlichste Erfahrung der Welt. Das Schönste, wenn der Flüchtling nach so vielen Jahren der Trennung in die Arme des Geliebten sinkt. Am schönsten, wenn ein Kind Schutz vor Angst, Hunger und der fremden Welt an der Brust der Mutter findet. Am schönsten, wenn du von einem starken Regen zu einem blauen Regenschirm läufst.

Andererseits kann ‚Flüchtling' auch das hässlichste Wort sein, wenn du landlos oder wurzellos bist und zur Demütigung des Wandels in einem Land verurteilt bist, das anderen mit ihren eigenen Gesetzen gehört." Charlie verstand nichts, wedelte aber hoffnungsvoll mit seinem kupierten Schwanz. Seine runden braunen Augen zwischen den lockigen Haaren auf seinem schönen und leicht dümmlichen Gesicht taten ihre Arbeit.

Nana umarmte ihn und entschuldigte sich: „Du kannst meinem Sohn, dem kleinen Dara, ein guter Freund sein, oder?"

Charlie hatte viele Schmetterlinge in seinem Herzen, aber er sagte kein Wort darüber, dass er kleine Jungen nicht mochte oder Angst vor ihnen hatte.

KAPITEL 3

Die Regeln der Brücke

Was zu Beginn der Reise wie eine schwarze Schlange schien, war später eher wie ein großes bewegliches Förderband, auf dem sich alle und alles mit einer sehr langsamen und immateriellen Geschwindigkeit bewegten. Menschen, Bäume, Häuser, Parks und sogar Flüsse. Es gab keine Unterbrechung. Nana und ihre Gefährten standen fassungslos da, während sie sich umsahen.

Charlie sagte zu Nana: „Bewegung ist die wichtigste Regel der Brücke. Du musst dich bewegen. Wenn du diese wichtige Regel nicht befolgst, wird dich die nächste ereilen."

Nana fragte: „Und welche ist das?"

Charlie versuchte trotz seines lustigen Gesichts ernst auszusehen und nachdem er einen Busch sehr sorgfältig beschnuppert hatte, „markierte" er ihn und sagte: „Es ist besser, zuerst die zweite Regel zu erklären und dir dann von der letzten zu erzählen."

Nana sah ihn interessiert an und sagte dankbar: „Okay! Lass sie uns hören! "

Charlie markierte sorgfältig einen Baum in der Nähe des Busches, wedelte mit dem kupierten Schwanz und sagte: „Die Regel der unsichtbaren Fäden! Eine nicht greifbare und undefinierte Führung, die viele Varianten wie die unsichtbaren Folgen von Emotionen, Schicksal, Physik, Metaphysik ... aufweist, die die Quelle für sehr viele Geschichten sind, die über Tage und Nächte hinweg passieren, indem sie sich über die Brücke bewegen, die als „Leben" bezeichnet wird." Charlie sah Nana beschämt an und sagte: „Mein Freund hat mir von ihnen erzählt, aber ich weiß nicht genau, was sie sind. Und die letzte Regel: Bewegungslos zu bleiben ist gleichbedeutend damit, vom dunklen und schattigen Nebel verschlungen zu werden, der wie ein teuflischer Doppelgänger ist, der immer jedem Lebewesen über die Brücke folgt. Meine Freunde sagten mir, wenn die unsichtbaren Fäden abgeschnitten sind und du dich nicht bewegen, hast du es verdient und fällst unter die ‚Regel des Verschlingens'. Tatsächlich weiß ich nicht, was als nächstes passiert. Ich weiß nur, als eine der unsichtbaren Fäden meines alten Frauchens abgeschnitten wurde und sie sich nicht mehr bewegen konnte, hat der teuflische Doppelgänger sie verschlungen."

Charlie sah so traurig und elend aus. Er ging zu Nana. Nana bückte sich und streichelte ihn. Sie sagte: „Oh, kleiner süßer Hund! Ich werde immer bei dir bleiben. Ich verspreche es!" Dann stand sie auf und sagte: „Jetzt lass uns gehen. Wir sollten hier nicht anhalten - vergiss die Regeln nicht."

Sie machten sich alle auf den Weg. Nana dachte an eine Regel, die Charlie nicht erwähnt hatte; die Regel des Überquerens! Sie sollten vom Eisentor verschluckt werden, um hier auf der Brücke ein Leben zu beginnen. Regel Nummer Null.

KAPITEL 4

Das Haus

Apana, die immer junge Schwester der Familie, saß auf dem Satteldach des Hauses und sagte etwas ins Ohr des Hauses, das es langsam zum Lachen brachte. Nana saugte das Haus, weil sie glaubte, dass Unordnung und Staub die Regulierung guter Energie stoppen könnten. Vielleicht war das Haus sauber zu halten eine dankbare Antwort auf die Sicherheit, die das Haus ihnen brachte. Wie auch immer, das Haus war kitzlig, so dass es für Apana einfacher war, das Haus zum Lachen zu bringen, wenn Nana saugte. Charlie hatte Angst vor dem Staubsauger und es war das einzige Mal, dass er seine Rolle als Nanas schattenhafter Begleiter nicht ausfüllte. Er drehte sich um und beobachtete sie aus der Ferne. Es war eine interessante und lustige Szene für Apana und Nanas kleinen Sohn Dara, und sie amüsierten sich.

Nachdem sie das Haus geputzt hatte, kochte sich Nana Tee, während sie die schöne Energiezirkulation im Haus genoss. Apana saß auf einem der Kirschbaumzweige, während sie ihre Beine frei bewegte und ihre

Kirschohrringe anprobierte. Das Haus dankte Nana langsam mit Liebe. Nana lächelte zufrieden und nahm ihre Tasse Tee in die Hände. Sie erinnerte sich an den ersten Tag, als sie das Haus traf. In jenen Tagen war das Haus alt, abgenutzt, verlassen und kurz davor, verschluckt zu werden. Der Beginn der Freundschaft zwischen Nana und dem Haus war eine erstaunliche Geschichte, die die fürsorgliche Präsenz von jemandem in ihrem Leben zeigte. Dieses Ereignis war Ausdruck der unsichtbaren und wirkungsvollen Aufmerksamkeit einer höheren Macht, die Nana glauben ließ, dass sie nicht allein gelassen und vergessen wurde. Ein Schutz, der es leichter machte, ihr Leiden und ihre Einsamkeit auf der Brücke zu ertragen. Sie hatten sich an ihrem Kreuzungspunkt gefunden, als Nana vom Eisentor wegkam und sich vorwärtsbewegte. Das Haus ging rückwärts, weil es sich nicht auf der Brücke bewegen konnte und allein zurückgelassen wurde. An diesem Kreuzungspunkt machte das Haus seinen letzten Versuch und bat Nana, es sich zu wünschen, tief in ihrem Herzen. Nana, die Schutz suchte, schloss die Augen und wünschte tief in ihrem Herzen nach dem Haus. In einem besonderen Moment, in dem seltsame Musik zu hören war, spürte sie, wie die unsichtbaren Fäden des Hauses in ihre Hände gelegt wurden. Als sie die Augen öffnete, sah sie die rostigen und alten Schlüssel des Hauses in ihren Händen. Danach hatten sie zusammengehört.

KAPITEL 5

Nur ein Tag zum Lieben

Es gab viel Aufhebens und Aufruhr im Haus. Apana und Charlie rannten herum und lachten. Sobald Nana im Haus ankam, rannte sie schnell zu den Fenstern und schloss sie. Als alle Vorhänge zugezogen waren, wurden auch Charlie und Apana ruhig/leise. Im Haus herrschte Stille. Plötzlich war ein kontinuierliches Klopfen aus der Küche zu hören. Sie gingen dorthin, um zu sehen, was los war. Es war eine Libelle, die die Natur des Glases nicht verstehen konnte. Sie wollte aus dem Haus fliehen. Apana streckte ihre Hand aus und nahm ihre glasigen und eleganten Flügel. Die Libelle sah sie mit ihren großen runden Augen an und sagte: „Lass mich gehen!"

Apana fragte neugierig: „Hast du es eilig?"

Die Libelle antwortete: „Ja, ich muss andere Libellen suchen, um Babys zu bekommen, damit unsere Spezies weiterleben kann. Weißt du was? Mein Leben als Libelle ist so lang wie der Durchgang der Sonne von Osten nach Westen. Ich lebe nur von einem Sonnenaufgang bis zum Sonnenuntergang. Es gibt kein Morgen für mich. Ich habe nur einen Tag, um zu lieben." Charlie stand/saß/hockte neben Apana und hörte zu.

Er fragte: „Nur einen Tag? Du kannst doch nicht an einem Tag erwachsen werden, oder?"

Die Libelle antwortete: „Ich habe drei Jahre tief unter dem Wasser von Lagunen verbracht. Heute habe ich meinen wurmartigen Körper zerrissen und bin herausgekommen. Jetzt, in meiner neuen Form als Libelle, habe ich nur noch einen Tag, um ein Leben voller Liebe zu führen."

Apana fragte: „Und dann?"

Die Libelle sagte: „Dann hört mein Herz auf zu schlagen; mit anderen Worten, ich sterbe."

Apana wunderte sich: „Mein Herz schlägt nicht, aber ich bin nicht tot."

Die kleine Libelle hielt eine Weile inne und sagte dann: „Nun, am Leben zu sein und zu leben sind die kompliziertesten Worte der Welt. Vielleicht ist es besser, die Bedeutung des Todes herauszufinden. Statische, stetige Bewegung hat auch verschiedene, miteinander verwobene Bedeutungen."

Nana, die am Fenster stand, war Zeugin des Gesprächs, während sie den Apfelbaum betrachtete. Die Blätter waren blass und gelb und einige waren zu Füßen des Baumes gefallen. Der Herbst war zu spüren, die unsichtbaren Zeitketten.

Die Libelle fuhr fort: „Zum Beispiel waren diese gelben Blätter eines Tages grün. Wenn diese Blätter für immer grün bleiben, haben sie dann nicht etwas von Stille und Tod? Würde es nicht so aussehen, als hätten sie kein Leben wie Felsen und Berge? Unser Leben ist jedoch so kurz im Vergleich zu Bergen und Wüsten. Wir können ihren Wandel und ihre Lebendigkeit nicht verstehen. Aber in der geografischen Erinnerung an die Zeit gab es viele Wüsten, die früher Meere und Täler waren, die Berge waren. Mein Leben währt in eurem Kalender einen Tag lang, aber für mich ist es ein Leben lang. Wenn ich jetzt eine andere Libelle finde und leidenschaftlich mit ihr tanze, ist mein Leben ein Jahrhundert wert. Andererseits wird unser Leben so kurz wie ein Wimpernschlag sein, wenn wir unsere Zeit glücklich verbringen. "

Dann sah sie Apana an und sagte: „Nach meinem Kalender hast du mich eine Woche in deiner Hand gefangen gehalten. Kannst du mich freilassen?"

Apana antwortete verlegen: „Entschuldigung, ich war abgelenkt. Für mich wurden die unsichtbaren Zeitketten schon lange durchtrennt. Ich bin wie Erinnerungen, die im Laufe der Zeit und des Geistes andauern, aber ich altere nicht und ändere mich nicht. „

Charlie grummelte vor sich hin.

Er konnte sie nicht verstehen.

Er ging träge in eine Ecke und legte seinen Kopf auf die Pfoten, um ein Nickerchen zu machen.

Nana öffnete das Fenster und die Libelle und Apana flogen glücklich hinaus.

Apana jagte freudig die Libelle, um das eintägige Liebesleben ihres neuen Freundes mitzuerleben.

Leben und Tod und die Verflechtung dieser zwei Welten.

Nana fand sich in dem kleinen Prinzen ihres Lieblingsbuchs wieder, der nur für die selbstsüchtige rote Rose und die beiden schlafenden Vulkane verantwortlich war.

Um ihre Antworten zu finden, musste sie zweifellos ihren kleinen Planeten verlassen.

Diese Reise hatte vor langer Zeit begonnen.

KAPITEL 6

Stille ist der Beginn des Hörens

Wind hatte keine guten Nachrichten. Die beiden Apfel- und Kirschbäume plapperten in die Ohren des jeweils anderen. Die Nachricht handelte von Apana, der immer jungen Schwester der Familie. Es war bereits vor langer Zeit, dass Apanas unsichtbare Fäden noch nicht abgeschnitten worden waren, ungefähr zu der Zeit, als sie nicht ewig und eine gewöhnliche Person war. Es war ungefähr zu der Zeit, als sie im verschneiten Land lebte. Zu diesem Zeitpunkt war Nana erst kürzlich in das Haus eingezogen und es gab eine große Entfernung zwischen ihr und dem verschneiten Land. Nana musste dorthin gehen.

Es war eine Reise, die mit Hilfe von weißen Gänsen, Zugvögeln, möglich war. Der erste Schritt bestand darin, ein starkes Verlangen, einen starken Wunsch zu haben.

Wie das Haus sie gelehrt hatte, schloss sie die Augen und wünschte, sie könnte ihre Schwester sehen. Sie hatte Apana schon lange nicht mehr gesehen. Ihr Herz war immer erfüllt von der Hoffnung auf einen süßen Besuch. Die Hoffnung, die mit diesen schrecklichen Neuigkeiten vergebens sein könnte. Ihr Herz schwang wie eine Metallkugel zwischen dem Feuer des Willens und der Kälte der Angst. Das machte es ihr schwer, sich auf ihren Wunsch zu konzentrieren. Was auch immer es war, sie konnte all ihre Kraft in ihr aufgewühltes Herz stecken, um ein Wunder wahrwerden zu lassen.

Nach einer Weile riefen die beiden Bäume sie. Eine Gruppe Wildgänse flog über ihren Köpfen. Der Himmel war teilweise bewölkt, aber kurz bevor sie hinter einem Wolkenstück verschwand, drehte sich eine der Gänse um und flog auf Nana zu. Charlie bellte, während er in den Himmel schaute. Seine Wächterinstinkte zwangen ihn, auf die geringste Gefahr zu reagieren. Nana sagte zu ihm: „Sei ruhig, lieber Charlie! Sie kommt um meinetwillen, ich habe sie gerufen."

Aber Charlie hörte nicht auf zu bellen. Die weiße Gans landete trotz der Warnung des Hundes auf dem Balkon des Hauses. Sie war größer als sie am Himmel aussah. Sie streckte Charlie den Hals entgegen und sagte: „Hast du nicht gehört, was Nana dir gesagt hat? Ruhig/ Ruhe!"

Charlie drehte sich ängstlich zu Nana um und wedelte mit dem Schwanz. Nana streichelte ihn freundlich. Mit ihrer seltsamen Stimme sagte die Gans zu Charlie: „Bring den kleinen Hund zum Schweigen. Weißt du nicht, dass Stille der Beginn des Hörens ist?"

Jedes Mal, wenn Charlie etwas nicht verstehen/ begreifen konnte, bekam er einen dümmlichen und lustigen Gesichtsausdruck. Er sah sie verwirrt an.

Die Gans fuhr fort: „Ja, Stille ist der Beginn des Hörens. Die Stimme des Herzens ist die Stimme der Stille. In absoluter Stille beginnen Geister und Wellen zu tanzen. Musikstücke werden geschrieben und Gedichte und Kunstwerke werden geboren. Wenn alle Geräusche schlafen gehen, erwachen jene Worte, die im Chaos des Geistes verlorengegangen sind. Sie können die Geräusche hören, die Geschichten aus einem verborgenen Teil deiner Seele erzählen. Es ist die Stimme unserer Stimmungen, Entscheidungen und Inspirationen. Die Stimmen, die im Chaos des Lebens nicht zu hören sind. Stille ist gut. Stille ist immer gut."

Charlie seufzte: „Liebe Gans, ich bin ein sehr ruhiger Hund. Die meiste Zeit bleibe ich ohne Worte allein zu Hause, aber ich habe nichts von den Dingen gehört oder gefühlt, die du erwähnt hast."

Die Gans wiegte ihren Hals hin und her und sagte: „Bei Stille geht es nicht darum, still zu sein und nicht zu sprechen. Stille bedeutet absolute innere Stille. Chaos ist gegen Stille und Stille besiegt das Chaos. Einsamkeit und niemand zum Reden zu haben, bedeutet nicht, dass es eine Stille gibt. Stille ist die Stille des Geistes. In der Tat ist es der Gedanke, der ruhig sein muss. Danach beginnt dein Herz zu sprechen.

Alle Ironie und alles Leiden zeigen die schönen Seiten ihrer selbst, und Liebe kann durch sie gesehen werden. Alle Nörgelei der Menschen verwandelt sich in schöne Musik. Das Herz findet eine Chance, seine Schönheit und sein Bewusstsein zu offenbaren. Das Herz sagt: „Gib Acht auf mich!" Und wenn du der Gast der Stille bist, wirst du von Vorfreude auf die Feier all der unberührten Schönheit ergriffen. Alle Schmerzen und Leiden werden durch die absolute innere Schönheit ersetzt."

Charlie hörte enttäuscht zu und sagte: „Ich bete immer und hoffe auf Nanas Rückkehr, wenn ich alleine bin und auf sie warte. Aber nichts passiert. Wie war es möglich, dass du Nana aus dieser Entfernung hören und zu ihr kommen konntest?"

Die Gans antwortete: „Es gibt einen Unterschied zwischen Hoffnung und Glauben. Warten und Hoffen haben einen Sinn für die Zukunft und sie nähren den Geist. Aber Glaube bedeutet, in der Gegenwart zu leben. Glaube ist die Sprache des Herzens. Oh lieber Charlie, weißt du was? Einmal waren alle Herzen tatsächlich Teil eines vollständigen Spiegels der Existenz. Aber aus irgendeinem Grund wurde dieser Spiegel in Tausende von Teilen zerbrochen und jedes Stück nahm einen Platz in einem Herzen ein. Alle Herzen mit zu vielen verschiedenen unsichtbaren Fäden sind verbunden und fühlen einander. In der Stille des Geistes wurden alle Herzen eins und können sich gegenseitig besuchen und heilen, während ihre sich dessen nicht bewusst sind. Es ist nicht möglich, dass das Herz leidet und die Welt der Schönheit nicht leidet. In der Welt der Stille ist niemand allein oder fremd. Wir sind die Wurzeln eines Baumes im Namen der Existenz. Für uns weiße Gänse führt ein so langer Flug dazu, dass wir aufgrund unserer Stille die Geräusche der Herzen leichter hören." Dann wandte sie sich an Nana und sagte: „Ich bin zu deinen Diensten, liebe Nana!" Sie breitete ihre Schwingen aus und sagte: „Steig auf! Es ist Zeit für eine weitere Reise."

KAPITEL 7

Emanzipation

Nana, jetzt auf dem Rücken der Gans, sah ihre Habseligkeiten, ihren Sohn, ihren Mann, Charlie und das Haus, den Apfel- und die Kirschbäume verschwinden. Der kalte Wind wehte ihr durch die Haare, aber die Wärme des Körpers der Gans gab ihr Trost und Erleichterung. Fliegen - was für ein wunderbares Vergnügen! Ihr Körper war schwerelos und ihre Seele war frei. Von hier oben schien alles klein und unbedeutend. Häuser, die Stadt und sogar die Brücke.

Nana begann ein Gespräch mit der Gans: „Wie kannst du fliegen?"

Die Gans antwortete: „Emanzipation und Befreiung von allem, was existiert und nicht existiert. ‚Was existiert', das meint die konkrete Welt, und Nichtexistenz meint diejenigen, die nur in unseren Illusionen existieren. Fliegen ist die Aufhebung von allem zwischen Erde und Himmel, Mobilität und Unbeweglichkeit, Hoffnung und Ungleichheit. Fliegen bedeutet, frei von allem zu sein. Und dies ist eine Lektion, die das Meer dir beibringen kann. Ein Schwimmer sollte sich selbst in der Natur des Wassers frei werden lassen. Er muss der Natur des Wassers vertrauen und einfach aufhören zu kämpfen, was bedeutet, irgendwie zu sterben, dem Wasser kein Fremder zu sein und sich frei hineinzustürzen. Dann kannst du schwimmen und das Wasser wird dich tragen. Was ich meine, ist, das Niveau deines Bewusstseins in Bewusstlosigkeit zu ändern. Dann kannst du wählen, was du sein und wohin du gehen möchtest. Dann kannst du wählen, ob du wie ein Fisch oder wie ein Regentropfen sein möchtest.

Die gleiche Geschichte existiert unter den Vögeln. Solange sie nicht in eine tiefe und angsteinflößende Schlucht springen, solange sie das Fallen nicht erleben und ihre Schwingen nicht wie ein Kreuz als Zeichen der Kapitulation spreizen, können sie niemals auf dem Wind reiten und fliegen. Erst müssen sie eins mit der Natur des Windes sein, um hoch empor zu gleiten. Aber ich sage dir etwas: Befreiung ist in der Tat „die Liebe" selbst. Es bedeutet, zu deinen Anfängen zurückzukehren, das Paradies zu erleben, diesmal jedoch mit Bewusstsein. Ich denke, der Schlüssel zum Fliegen und Erreichen ist die Befreiung."

KAPITEL 8

Namen

Als die Gänse allmählich in den Himmel kletterten, wich das Gefühl der Angst und Abhängigkeit dem der Befreiung und Leichtigkeit.

Nana fragte die Gans: „Übrigens, wie ist dein Name?"

Die Gans antwortete: „Wir haben keine Namen. Wenn du von dort unten zu unserer Gruppe aufblickst, siehst du eine Gruppe dahinziehender weißer Gänse, wie Tropfen im Meer. Es gibt keinen Tropfen, es ist das Meer. In dieser Höhe haben wir keine andere Identität als die Gruppe. Wir sind eins in unserer Gruppe, wir können keinen Namen haben, wenn wir alle das gleiche Ziel haben, nämlich ohne im Wettstreit miteinander zu liegen an unser Ziel zu gelangen.

Namensgebung ist eine bizarre menschliche Angewohnheit. Es teilt und diskriminiert. Ihr wollt den Dingen um euch herum eine Identität geben, indem ihr alles benennt, um euch daran zu erinnern, dass sie etwas anderes sind als ihr, damit ihr sie besitzen könnt. Diese seltsame Angewohnheit hält euch auf humanistischem

Niveau. In Gesellschaften, Metropolen und Städten gibt es Millionen und Abermillionen unbekannter Einheiten; wie ein Labyrinth für die Menschheit. Stell dir vor, was mit all den Kolonien von Ameisen und Bienen geschehen würde, wenn sie diese seltsame Angewohnheit hätten. Ihre Gesellschaft könnte niemals Harmonie oder Zusammenarbeit entwickeln."

Nana dachte leise an sich selbst, ihre Familie, Charlie; jeder von ihnen stellte eine eigene kleine Welt in einer größeren Welt dar. Jeder von ihnen hatte seine eigene Geschichte.

Die weiße Gans fügte hinzu: „Und du weißt, liebe Nana, diese spezifische Natur des Menschen, ich meine, alles mit Identität und Namen zu versehen, ist sehr ansteckend. Jeder und alles, was mit Ihnen in Kontakt steht, kann unter deren Einfluss geraten. Denn siehe, ich bin eine Gans in meiner Gruppe, aber an deiner Seite bin ich „die Gans, auf der Nana reitet". Ihr unterscheidet zwischen allem so ernst und unvermeidlich, dass ihr euch nichts anderes vorstellen könnt. Sieh doch! Von hier oben, kannst du da Grenzlinien sehen? Die Grenzlinien, die ihr auf euren Karten und in eure Atlanten gezeichnet habt? Sie haben Flaggen für Ihr Land geschaffen und Kriege geführt und glauben an die imaginären Grenzen und Vorurteile.

Schau dir die Wälder an - welcher Baum? Oder die Meere - welcher Tropfen? Hör dir die Symphonie des Universums an! Jeder und alles hat einen Anteil daran. Sie sind fehlerfrei und harmonisch. Wir alle sind Teil dieser Symphonie, der Symphonie des Universums."

KAPITEL 9

Padid-Baum*

In dieser Höhe war es auf der weißen Gans kalt und still. Nana schlief allmählich ein. Die Kälte sickerte wie ein tödliches Gift in ihre Adern und ließ leise ihr Blut gefrieren. Nana hatte einen seltsamen Traum. Es begann in einer warmen Nacht. Das Fenster war offen. Die hellblauen Vorhänge tanzten sanft in der Brise, die hereinwehte. Das Mondlicht schien durch sie hindurch wie ein magisches Flüstern. Plötzlich bewegte sich Charlie (der neben Nanas Füßen schlief) und spitzte seine Ohren. Überall war Magie. In der Vorderwand traten Risse auf. Charlie knurrte und war in höchster Alarmbereitschaft. Durch die Risse kamen einige Wurzeln eines Baumes, ringsum suchend. Charlie machte sich bereit zu bellen und Nana zu wecken, aber wie die Hand eines alten Mannes gebot ihm eine der Wurzeln, ruhig zu bleiben. Die tiefe, vertraute und freundliche Stimme eines Mannes sagte: „Shhhh ... ich bin sie."

Charlie hatte keine andere Wahl, als zu gehorchen. Die tanzenden Wurzeln reichten bis zu Nanas Zehen und drangen dann langsam in Nanas Adern ein. Der Nektar in den Wurzeln erwärmte Nanas gefrorenes Blut. Nana öffnete die Augen. Ihre Augen hatten die Farbe von Entrückung und Traum. Die Wurzeln wanderten von ihren Füßen hoch zu ihren Beinen und Schenkeln. Sanft bedeckten die Wurzeln ihren Unterleib, ihren Bauch, ihre Brust und ihren ganzen Körper. Plötzlich fand sich Nana in einem grünen und hellen Land wieder. Die Wurzeln des Padid-Baumes hatten keine zeitlichen oder räumlichen Einschränkungen. Wo und wann immer sie wollten, konnten sie sein. Vor ihr lag ein riesiger Wald. Die Bäume flüsterten ihr in die Ohren. Es lag eine Aufregung in der Luft; einige sahen sie eifersüchtig, andere eifrig und wieder andere leidenschaftlich an. Es gab einige Zweige, die sie mit großem Neid zum Padid-Baum führten. Und dann gab es nur noch Nana und den Padid-Baum. Nana umarmte den leuchtenden Stamm des Baumes und der Baum drückte sie ungeduldig. Ein fantastischer Tango begann. Die Quellen der Liebe flossen und tränkten die die Wurzeln der Bäume.

Ein fröhliches Fest begann. Der Nektar des Padid-Baumes war tatsächlich die Essenz von Nanas Leben. Was der Padid-Baum ihr in diesen langen Jahren gegeben hatte, ließ Nana ihr Leben führen. Der Baum, dessen Früchte Gedichte waren und dessen Blätter den Geruch des Nirvana-Ozeans hatten. Manchmal reisten sie zum Taj Mahal oder lasen Khayyams Quartette auf den großen Pyramiden Ägyptens. Manchmal lebten sie ein primitives Leben in einer alten Höhle oder tanzten vor den lodernden Flammen spanischer Zigeuner. Manchmal waren sie im Himalaya mit einem Einsiedler in einem verlassenen

Tempel und manchmal in einem gemütlichen Teehaus in der Haraz Road und in Chaloos bei einem heißen Getränk. Nana erzählte die himmlischen Welten ihrer Träume und der Baum verfasste die romantischsten Gedichte Der Padid-Baum verdankte ihr sein tausendjähriges Alter und Nana verdankte ihm ihre Existenz. All das, was der Mensch „Koexistenz", Liebe oder Ewigkeit nennen kann.

Bäume sind die Diener von Reisenden und Pilgern, die Bewusstsein und Erkenntnis suchen. Bäume sind der Ausgangspunkt für Buddha und Propheten auf ihrer spirituellen Reise und ihrem spirituellen Weg.

Der Tanz ging zu ende. Der Lebensnektar des Baumes vertrieb die Kälte aus ihren Adern. Die Bäume sangen: „Morgen werden wir wiedergeboren, morgen werden wir wiedergeboren!" Die Stimmen und Bilder waren miteinander verflochten. Die Gänse schrien, um eine Botschaft zu verkünden, die laut genug war, um Nana zu wecken. Von oben konnte man das verschneite Land sehen.

* *Padid* bedeutet auf Farsi „auftauchen".

KAPITEL 10

Spring hinab!

Nana, die euphorisch und verwirrt aufgrund ihres Traums war, fragte: „Liebe Gans, was sagen deine Freunde?"

Die Gans antwortete: „Sie sagen: „Spring hinab!"

Nanas Augen weiteten sich vor Überraschung und sie fragte: „Was? Aus dieser Höhe springen? „

Die Gans nickte bestätigend.

„Aber warum?"

„Wenn du jetzt nicht springst, wird es dir in deinem Leben als dein Schicksal widerfahren."

„Und woher weiß ich, dass dies eine wahrheitsgemäße Botschaft ist?"

„Weil es von denen kommt, die keinen Nutzen daraus ziehen. Jetzt wähle! Entweder schlägst du sie in den Wind oder du vertraust ihr! "

Für Nana enthielt die Botschaft keine Wahlmöglichkeit. Aber nach dem, was die Gans ihr gesagt hatte, könnte sie an diesem oder einem anderen Tag wieder auf sie zurückfallen. Es gab keine Option. Nana zögerte eine

Weile. Sie konnte verschiedene Stimmen in ihrem Kopf hören. Eine innere, verführerische Stimme sagte zu ihr: „Spring, Nana!, Ein Wunder könnte geschehen und du könntest überleben, du könntest zwei Flügel bekommen oder so." Es war eine verführerische Stimme, die sie ermutigte, Glauben zu haben. Aber da gab es auch noch eine andere Stimme, die das Gegenteil behauptete. Die Stimme sagte zu ihr: „Sei weise und realistisch! Warum sollte ein Wunder geschehen? Es gibt Gründe dafür, dass Dinge passieren, Fakten. Wie soll es möglich sein, einen Sprung aus dieser Höhe zu überleben? Es gibt keine Chance! Sei weise."

Dieses Streitgespräch dauerte in ihrem Kopf an, doch nach einer Weile gefiel ihr die verführerische Stimme immer besser. Sie hatte mutig sein und ihre Wahl treffen müssen, als sie sich auf den Weg machte. Also öffnete sie in einem Anflug von Wahnsinn ihre Arme, ließ den Hals der Gans los und sprang hinab.

KAPITEL 11

Balance

Nana wirbelte herum und fiel wie ein Blatt im Wind. Die Angst überkam sie und sie erkannte die Absurdität der Stimme, die ihr zwei Flügel versprochen hatte. Es gab kein Wunder. Die Angst hatte ihre ganze Seele und ihren ganzen Körper erobert. Die Welt verdunkelte sich langsam vor ihren Augen. Hilflos versuchten ihre Hände, die Luft zu ergreifen, und ihre Augen suchten ängstlich nach Rettung. Sie fühlte einen plötzlichen Schmerz und schaltete sich einfach aus wie einen Fernseher.

Schockiert öffnete sie die Augen und fand sich nicht auf dem Boden, sondern auf dem Rücken der weißen Gans wieder. „Habe ich nur geträumt?", fragte Nana atemlos.

„Nein, du hast Wahrnehmung erlebt", sagte die Gans.

„Und was war es?" Fragte Nana.

Die Gans antwortete mit einer Frage: „Was war das Letzte, was du gesehen hast?"

„Nichts", antwortete Nana nachdenklich.

Die Gans fragte: „Und hast du die Botschaft erhalten?"
Nana war still.

„Liebe Nana, dieser schreckliche Sturz enthielt eine tiefgründige Botschaft für dich. Denk daran, dass es faszinierend ist, auf ein Wunder zu warten oder ein Paar Flügel zu haben, aber du kannst die Realität nicht ignorieren. Genau das ist die Botschaft. Halte Himmel und Erde immer im Gleichgewicht und du wirst dein Ziel erreichen."

KAPITEL 12

Das Herz eines Löwen oder der Geist eines Wolfes

Als sie im verschneiten Land ankam, verabschiedete sie sich von den Gänsen. Ein starker Schneesturm mit heftigem Schneefall begrüßten sie. Was machte sie dort? Wonach würde sie suchen? Was war der nächste Schritt? Keine Adresse, keine Möglichkeit, Kontakt aufzunehmen, und am schlimmsten war, dass sie ihren Orientierungssinn verloren hatte. Wo war Apana? Die massive Menge an Angst drückte sie von ihrer bewussten Natur weg ... auf der Suche nach einem Zeichen starrte sie in die Dunkelheit hinein. Ihre Fingerspitzen wurden immer kälter und dann ihre Hände. Sie war voller Angst und Frustration. Plötzlich sah sie in der Dunkelheit zwei brennende Feuer auf sich zukommen.

Es gab ein wenig Hoffnung in ihrem Herzen, aber sie waren kein Feuer. Es waren die zwei hellen Augen eines weißen Wolfes, der sie ansah. Ein Eingeborener ritt auf einem Schlitten, den der Wolf zog.

Der Eingeborene sagte: „Willkommen im verschneiten Land, ‚löwenherzige Dame'! Aber was du hier brauchst, ist nicht das Herz eines Wüstenlöwen, du brauchst den Geist eines schneebedeckten Landwolfs."

Er wusste, was mit ihr passieren würde. Jedes Land verlangt sein eigenes Werkzeug für das Leben. Der weiße Wolf legte seinen Kopf in Nanas eisbedeckte Hände. Nana bückte sich und streichelte ihn. Hunde und Wölfe waren einst auch eine Familie. Aber der kleine Charlie und der Wolf hatten nichts gemeinsam, was besonders die Augen und den Blick des Wolfes betraf. Es gab eine unbändige und wilde Kraft in den Augen des Wolfes, die Nanas Instinkte weckte. Vielleicht gab es einmal eine gemeinsame Wurzel oder ein Sprite zwischen Nana und dem Wolf gab. Das Blut schoss schneller durch ihre Adern und sie knirschte vor Wut mit den Zähnen. Der große und kämpferische Geist des Wolfes eroberte allmählich ihre Seele. Das war alles, was sie brauchte, weil sich ein Krieg anbahnte. Der Eingeborene zeigte auf Nana und forderte sie auf, sich neben ihn in den Schlitten zu setzen. Er bedeckte Nana mit einem Wolfsfell und sagte: „Lass uns ins Hotel Gottes gehen."

KAPITEL 13

Das Hotel Gottes *

Nana wusste, dass es unsichtbare Fäden gab, die nicht zu rechtfertigen und nicht zu leugnen waren, seit sie vom Eisentor verschluckt wurde und bis sie dieses Land erreichte. Anstrengung ist manchmal die nutzloseste Sache der Welt. Von Beginn ihrer Reise auf der Brücke an hatte sie erkannt, dass sie sich allein dem großen Fluss des Schicksalsanvertrauen und geduldig, still und leer sein musste, damit die Welt angemessen darüber nachdenken konnte. Es war wie diese einzigartige Schneeflocke, die am Anfang der Brücke in ihren Händen schmolz.

Das Hotel Gottes war ein Heiligtum, das tatsächlich die letzte Patientenstation war. Das Hotel Gottes war der Ort, an dem viele Wunder geschahen. Das Hotel Gottes war ein Ort, an dem sie ihre Apana treffen konnte. In dieser verschneiten Nacht war Nana hoffnungsvoll, entschlossen und ungeduldig/erwartungsvoll/gespannt, als sie im Hotel Gottes ankam.

* Das Hôtel-Dieu de Montréal (wörtlich übersetzt als das Haus Gottes) ist ein spezielles Krebskrankenhaus in Quebec City.

KAPITEL 14

Nest der Ameisen

Das Hotel Gottes war wie ein Ameisennest. Krankenschwestern, Ärzte und Mitarbeiter ... waren eine Gemeinschaft. Ihre endlosen Schichten waren wie ein fließender Strom. Die Patienten wurden durch andere ersetzt, aber die Aufgaben gingen Tag und Nacht weiter. Krankenschwestern verschiedener Schichten, wer auch immer sie waren, machten ihre Routine mit einem Lächeln im Gesicht. Pillen, Ampullen und Lebensmittel. Es gab auch unregelmäßige Verschiebungen der Patienten. Ein Patient blieb ein paar Tage und dann ein anderer ... genau wie abgenutzte und beschädigte Teile von Maschinen, die in Fabriken repariert wurden. Andere Abteilungen des Krankenhauses wie die Buchhaltung, die Versicherung und die Apotheke waren keine Ausnahme. Alles wurde auf automatisierte und geplante Art und Weise erledigt. Es war wie in anderen Krankenhäusern: seelenlos, leblos und manchmal schrecklich.

Nana war sehr traurig. Apana in der Ameisenkolonie zu finden, war keine leichte Aufgabe. Diejenige, die sie suchte, spielte eine wichtige Rolle in Nanas Identität und Leben. Apana war irgendwo in diesem Labyrinth verloren, das „Hotel Gottes" genannt wurde.

KAPITEL 15

Apana

Nana erinnerte sich an 1984 George Orwells Roman. Die Anzahl der Dateien war gültiger als die Namen der Personen. Die Rezeptionistin des Krankenhauses konnte Apana nicht anhand ihres Namens finden, und sie bezweifelte sogar, dass ein solcher Patient dort sein könnte. Nana bestand darauf und das ließ die Mitarbeiter des Krankenhauses gründlicher suchen. Sie wartete eine Weile an der Seite. Sie fühlte sich so schlecht wegen der kühlen Gleichgültigkeit, die das Personal gegenüber ihrer Schwester hatte. Apana war keine Zahl, sie war ein verlorener Mensch in Nanas Welt. Nana brannte; ein wütender Wolf heulte in ihr. Aber sie versuchte still zu sitzen und den Dingen zu folgen, die das Haus ihr über das Wünschen und Hoffen beigebracht hatte. Sie versuchte es erneut.

Sie schloss die Augen und rief Apana: „Hier bin ich Apana, bitte finde mich."

Eine Träne entglitt ihrem Auge. Wie nah und wie weit. Jedes Gebet erhielt irgendwie eine Antwort, also kam eine junge Krankenschwester auf sie zu und brachte sie in ein Zimmer. Nana hätte damals schwören können, ihr Herz, ihre Träume und ihr Leben hatten für eine Weile aufgehört. Sie traute ihren Augen nicht. Wieder heulte der Wolf in ihr, aber ihr Gesicht war entschlossen, freundlich und stark. Sie ging auf Apana zu und umarmte diesen schlanken, mageren Körper: „Es ist vorbei. Ich habe dich. Ich werde dich nie wieder gehen lassen. "

Dieser Moment war unbeschreiblich.

KAPITEL 16

Wiederholung der Kindheit

Sie waren wieder zusammen wie in ihrer Kindheit. Nana war nicht bei ihrer Familie, und Apana war auch nicht an ihrem Arbeitsplatz. Dort im Krankenhaus war es wieder nicht wichtig, weder der Ort noch die Zeit oder was Mama zum Mittagessen kochte.

Als Kinder verbrachten sie Stunden miteinander, um die Welt jenseits der Grenzen und Gesetze ihres Landes zu beobachten. Wie zwei alte Astronomen mit ihren primitiven Teleskopen hatten sie den unendlichen Raum von diesem winzigen kleinen Okular aus beobachten können. Und sie waren die Ersten gewesen, die herausgefunden hatten, dass sich die Sonne nicht um die Erde drehte, sondern im Gegenteil, es war die Erde, die die Sonne umkreiste, und so waren sie von ihrer Gesellschaft verflucht und verachtet worden. Diese beiden Schulter-an-Schulter-Anführer waren wie die weiblichen Wölfe gewesen, die nicht von den Leir und heuchlerischen

Hirten domestiziert werden wollten. Tatsächlich waren sie wieder dieselben Kinder, die die Rolle der Erwachsenen spielten, und sie hatten die Chance, bis zum Ende eines von ihnen zusammen zu sein.

KAPITEL 17

Die vierzig Geschichten

Der Schmerz strömte durch Apanas Körper. Vier Ärzte trafen Nana an diesem Abend an Apanas Bett. Und in der Grausamkeit der Ehrlichkeit sagten sie Apana, dass sie nicht mehr lange bleiben würde. Es könnte am nächsten Tag oder vierzig Nächte später sein; sie wussten es nicht genau.

Eine intensive Stille hüllte die Seelen der beiden Schwestern ein. Aber es war nicht an der Zeit, ängstlich und hoffnungslos zu sein oder zu trauern. Jetzt war es an der Zeit, sich zu wehren und Widerstand zu leisten.

Nana brach die Stille und sagte: „Hast du jemals die Geschichte ‚Es ist zu spät'gehört?"

„Nein, wovon handelt sie? Hilft sie?"

Nana sagte: „Apana! Geschichten sind manchmal erfreulicher als das Leben selbst.

Das einzigartigste Merkmal des Menschen ist die Vorstellungskraft. Es ist das, was anderen Kreaturen wahrscheinlich fehlt. In der Welt der Fantasie können die Hässlichen als schön angesehen werden, Alpträume können zu süßen Träumen werden und Elefanten können tanzen oder Nashörner fliegen. Du kannst die Hand deines Geliebten nehmen, wenn dies in der realen Welt nicht möglich wäre. Du kannst ein zufriedener Teufel oder ein bedauernder Engel, ein Wurm oder ein Schmetterling oder ein Walnussbaum über einem Hügel sein. Oh Apana, ohne Vorstellungskraft gäbe es keine Kunst, keine Poesie. Man kann den enormen Schmerz des Lebens nicht ohne seine Vorstellungskraft vergessen ... Also gib mir deine Hand und komm mit mir in das Land der Geschichten. Und stellen wir uns die Geschichten vor, um der realen Welt zu entkommen. Diesen Schmerz zu beenden, bis das Wunder geschehen kann."

Es war ein gutes Angebot. Nana nahm Apanas Hand in ihre und sagte: „Nun, lass mich mich mit ‚Es ist zu spät' beginnen."

Dann ließ Apana wie ein Kind den Kopf auf das Kissen sinken und entspannte sich/machte es sich bequem, um zuzuhören. Sie sah Nana mit funkelnden Augen an.

KAPITEL 18

Es ist zu spät

Nana fragte: „Hast du jemals eine melodische Geschichte gehört?"

Apana schüttelte den Kopf.

Nana erklärte: „Stellen dir Hintergrundmusik vor und fahr fort, während ich dir die Geschichte erzähle. In dieser Geschichte sind die Dinge tänzerisch und melodisch; das steigert die Freude. "

Dann hielt sie einige Sekunden inne und gab Apana etwas Zeit, sich zu konzentrieren.

Und so begann sie die Geschichte: „Es war einmal ein Mann, der unter einem Baum schlief. Wo oder unter welchem Baum? Ich weiß es nicht und es ist nicht wichtig. Er wachte auf, als ein Lichtstrahl durch die Zweige des Baumes, unter dem er schlief, auf sein Gesicht fiel. Der süße und fröhliche Gesang von Vögeln war zu hören. Er richtete sich halb auf. Er wusste nicht, wo er war. War es ein Traum? Er war sich nicht sicher. Er fühlte sich einfach verzückt und frei. Er hörte ein gesungenes Lied. Es war so herzerwärmend, dass der junge Mann seine Fragen und seine Neugier vergaß. Er folgte dem Lied/Klang, um den Besitzer dieser wunderschönen weiblichen Stimme zu finden. Kurz darauf sah er eine junge Frau, sitzend eine Krone aus Blumen flechtend. Sie war so schön, dass sich der junge Mann auf den ersten Blick in sie verliebte. Als sie die letzte Blume ihrer Krone hinzufügte, setzte sie sie auf ihr langes Haar und drehte sie ... und sang ein noch fröhlicheres Lied als zuvor. Sie ging auf den jungen Mann zu, der sich hinter einem Baum versteckte und sie beobachtete. Sie streckte die Hand nach ihm aus, als wüsste sie bereits, wo er war.

„Wie lautet dein Name?" fragte der Mann.

„Veilchen und deiner?"

Der Mann antwortete: „Ich kann mich nicht erinnern."

Violet ignorierte seine Antwort und bot dem jungen Mann ihre Hand an. Der Mann nahm sie zögernd. Zeitgleich war fröhliche Musik zu hören und sie begannen zu tanzen und durch den schönen Garten zu streifen, bis sie eine Gruppe junger Mädchen erreichten, die genauso schön waren wie sein Veilchen. Es war genau wie ein Garten voller schöner Blumen. Die Mädchen nannten sich bei verschiedenen Blumennamen.

Plötzlich war eine Trompete zu hören und alle schwiegen. Das ließ den jungen Mann ebenfalls verstummen. Dann stellten sich die Mädchen in zwei Reihen gegenüber auf. Kurz darauf brachten zwei Mädchen einen Teppich, entrollten ihn auf dem Boden und stellten einen schönen Stuhl in seine Mitte. Dann trat eine Frau ein, deren Schönheit die Schönheit des Mondes und der Sonne verspotten konnte. Sie setzte sich anmutig

auf den Stuhl. Der junge Mann hatte noch nie in seinem Leben eine solche Anziehungskraft
gespürt. Sofort vergaß er seine schöne Geliebte und seine neu entdeckte Liebe. Er war urplötzlich von tiefer Liebe in die hübscheste Frau erfüllt, die er je gesehen hatte. Die blumengekrönte Veilchen wurde sehr traurig. Sie wusste, dass ihre Liebe zu Ende war und dass sich das Herz ihres Geliebten nun zu einer Anderen hingezogen fühlte. Eine Träne entglitt ihrem Auge und sie sang ein trauriges Lied. Das Lied berührte die schöne Frau, also stand sie auf und befahl, den Mann aus dem Garten zu werfen. Der junge Mann fiel der Dame zu Füßen und bat um Vergebung.

„Ich habe noch nie in meinem Leben so süße Liebe geschmeckt", sagte er.

Die schöne Frau sagte: „Liebe? Alle Männer sagen dasselbe, aber wenn sie eine Schönere finden, verlassen sie uns und gehen zu der Anderen. "

„Oh, ich bin nicht wie andere. Es ist wahr, dass ich das Mädchen mit der Blumenkrone mochte, aber als ich dich sah, wurde mir klar, dass du meine wahre Liebe bist, und ich werde dich für immer und ewig lieben. „

Die schöne Frau sagte: „Woher weiß ich, dass du ein wahrhaftig Liebender bist?"

Der Mann sagte: „Ich werde tun, was immer von mir verlangst."

Die hübsche Dame wies auf etwas und eines der Mädchen brachte eine schwarze Schachtel aus Ebenholz, öffnete sie und stellte sich neben sie.

Die junge Frau schaute in die Schachtel und fragte: „Alles, was ich will?"

Der Mann sagte: „Ja. Ich werde dir sogar mein Leben geben. Ein Liebender hat nichts Wichtigeres als sein Leben. "

Sie ergriff einen Dolch, der sich in der Schachtel befand, hob ihn hoch und stieß ihn direkt in das Herz des jungen Mannes. Ungläubig presste der Mann seine Hand auf seine Brust und starb, während er sie aus Augen voller Liebe ansah. Die Frau drehte sich um und sagte: „Er war wirklich verliebt, aber einerlei! Wie auch immer, es ist zu spät." Damit verließ sie den Garten. Das Ende."

Für einen Moment hatten die beiden Schwestern vergessen, wo sie waren und warum. Eine Krankenschwester kam ins Zimmer. Auf ärztliche Verschreibung hin fügte sie Apanas Serum ein Schmerzmittel hinzu, sagte gute Nacht und kehrte in ihre ameisenähnliche Kolonie zurück.

„Warum hast du den jungen Mann in deiner Geschichte getötet?", fragte Apana.

„Er selbst war die Ursache für seinen Tod. Ich war nur der Erzähler."

„Aber wenn Männer, wie der in deiner Geschichte, eine bessere Frau sehen und ihre Partner verlassen, geschieht es durch Pech, dass es immer eine Bessere gibt."

Dann lachten beide über die Ironie, weil sie beide wussten, dass es in der Geschichte nicht um Männer und Frauen ging, sondern um den unvermeidlichen Teil der Menschlichkeit: „Es ist zu spät."

Nana küsste Apana auf die Stirn. Sie fühlte sich wie ins Herz gestochen, als sie sich an die Worte des Arztes über Apanas tödliche Krankheit erinnerte. Wie viele Nächte hätte Apana noch?

Nana beruhigte ihre Gedanken, kehrte zu ihrem Stuhl zurück und beobachtete Apana. Sie wartete, bis Apana einschlief, genau wie eine Mutter, die sich um ihr Kind kümmerte.

KAPITEL 19

Die Wurzeln des Palid-Baums *

Nana schlief gerade ein, als sie ein Brennen in ihren Zehen spürte. Sie öffnete die Augen. Einige schwarze Wurzeln berührten ihr Bein. Sie hatte Angst und zog sich zurück. Sie warf einen Blick auf Apana und sah eine weitere schwarze Wurzel um die Hand ihrer Schwester geschlungen. Wütend und instinktiv eilte sie zu der schwarzen Wurzel und packte sie, die sich wie eine schwarze Schlange wand, und schleuderte sie in eine Ecke. Die Wurzeln kehrten zurück zu dem Loch, aus dem sie hervorgekrochen waren und verschwanden. Alles beruhigte sich wieder. Von den Wurzeln oder dem Loch war nichts zu sehen. Apana blutete von der Nadel ihres Serums. Nana rief die Krankenschwester. Die Krankenschwester kam und ersetzte die Nadel. Nana sah besorgt aus über das, was geschehen war. Schweigend beobachtete sie Apana.

Es war Morgen und sie konnte nicht schlafen. Apana öffnete die Augen. Sie sah erschöpft und blass aus.

Sie lächelte und fragte Nana: „Du hast letzte Nacht nicht geschlafen, oder?"

Nana lächelte, als sie sich daran erinnerte, was letzte Nacht geschehen war. Dann erzählte Apana ihr von ihrem Albtraum. Über eine schwarze Schlange, die sich um ihren Körper wand. Nana sagte ihr, sie solle sich keine Sorgen machen, weil es nur ein Albtraum gewesen sei.

Eine Krankenschwester kam, um die täglich Testprobe am Morgen zu entnehmen.

Nana dachte an die schwarzen Wurzeln. Ihre Zehen brannten immer noch. Angst übermannte sie. Sie musste von dieser Nacht an wach bleiben, um herauszufinden, was los war.

---

* *Palid* bedeutet auf Parsi jemand oder etwas Böses.

KAPITEL 20

Kinder von heute, Kinder von gestern

Apana wurde das Frühstück gebracht. Schwarzer Kaffee und Weizenbrei. Nana schob den Nachttisch vor Apana und drückte den Knopf neben dem Bett, hob Apanas Oberkörper an, damit sie sich aufsetzen konnte. Es würde sehr weh tun, aber die Schmerzmittel waren eine große Hilfe. „Übrigens, war dein kleiner Sohn nicht verärgert, dass du weggegangen bist?", fragte Apana.

„Nun, nein, überhaupt nicht. Als er herausfand, dass ich gehe, um dir zu helfen, war er glücklich."

In der Stille gab es viele Worte, die unausgesprochen blieben. Aber die Augen konnten nicht lügen, also versuchten sie, sich mit etwas zu beschäftigen, um Augenkontakt zu vermeiden. Apana mit ihrem Löffel und Nana mit Bettzeug zu Apanas Füßen.

Nana sagte: „Wir haben das Glück, einander zu haben. Die Kinder von gestern waren glücklicher als die Kinder von heute, meinst du nicht auch?"

„Wie?"

„Die heutige Welt ist voll von so vielen unbekannten Ländern und Bereichen der Wissenschaft. Medizin, Psychologie, Soziologie, aber sie sind keine glücklicheren Menschen als früher. Ich erinnere mich, dass es in unserer Zeit keine solchen wissenschaftlichen Titel gab, aber alles in Ordnung war. Unsere Nachbarn waren Teil unserer Familie, sie lebten nur eine Mauer entfernt. Du wusstest, dass die Intimität, die Unschuld und die Einfachheit unserer Seelen den Geschmack unseres Tees neben dem einfachen Brot und Käse in jenen Tagen versüßten.

Aber jetzt ist alles forangeschritten ... hat sich weiterentwickelt ... zusammen mit der Entfernung zwischen unseren Nachbarn. Auch die Wandstärke zu unseren Nachbarn hat zugenommen. Ich lebe dort und du lebst hier, weit weg von allem ... Wir waren nicht so reich wie mein Sohn - der kleine Dara - aber wir waren mit Sicherheit glücklicher."

Apana betrachtete den Sonnenaufgang. Sie konnte sich noch an die Süße ihrer Kindheit erinnern. Nana hatte recht. Die Kinder von heute sind trotz allem, was sie haben, viel einsamer als die Kinder von gestern. Sie erinnerte sich an ihre erste echte Puppe und fragte Nana: „Erinnerst du dich an Nazi?"

Nana lächelte und nickte: „Ja, Nazi, eine Puppe für zwei kleine Mädchen. Sie gehörte uns, wir haben nie darüber nachgedacht, wer den größeren Anteil an ihr hat Sie gehörte nur uns. Was auch immer wir über sie entschieden haben, es gab keinen Streit, es gab nie etwas wie „mein oder dein", und wir haben nie nach einer anderen Puppe gefragt oder uns beschwert, dass wir sie uns teilen mussten. So eine einzigartige Welt."

Dann seufzten beide und dachten darüber nach, was wirklich mit dieser Welt geschehen war, mit diesen einfachen und glücklichen Kindern, der Familie, den Nachbarn und den Menschen. Wann oder wo hatten sie dieses Paradies wirklich verloren? Jetzt waren sie wieder zusammen, genau wie in ihrer Kindheit.

KAPITEL 21

Gebrochene Flügel

Es war am nächsten Tag und die Sonne eroberte langsam den Horizont mit ihrem sanften Schein. Zwei Vögel tanzten am Himmel. Die beiden Schwestern befanden sich in ihrem Käfig im Krankenzimmer und beobachteten die Vögel. Beide hatten ein Lächeln auf den Lippen. Plötzlich erinnerte sich Nana an etwas und seufzte.

Apana fragte: „Wie geht es unserem Vogelmann?"

Nana seufzte erneut und sagte: „Er ist der tapferste Mann, den ich kenne. Es ist sehr schwierig, ein neues Leben am Grund eines Schwarzen Lochs mit dem Namen des Schicksals zu beginnen. Obwohl er nicht mehr fliegen kann, hat er den Himmel nie vergessen und die Dunkelheit nicht aufgegeben. Er ist kein gewöhnlicher Mann und du weißt, dass Fliegen ein ewiger Zauber ist. Mein Mann ist dabei keine Ausnahme. Ein halber Vogel und ein halber Mann ohne seine eisernen Flügel zu sein, schmerzt ihn beständig. Er wird niemals die Schwingen vergessen, die er hinter dem Eisentor zurücklassen musste. Bevor wir unsere Reise über die Brücke begannen, hatten wir gehofft, die Flügel bei uns zu haben, aber - wie du weißt, Apana - hat alles seinen Preis. Seine Flügel waren der Preis für unsere Entscheidung, unser Land zu verlassen, um einen besseren Ort für uns und einen besseren Himmel zum Fliegen zu finden. Du weißt, dass wir nicht mehr unter diesem finsteren und raucherfüllten Himmel unserer Heimat leben konnten. Wir brauchten ein besseres Land mit klarem blauem Himmel, nicht nur für uns selbst, sondern auch als verantwortungsbewusste Eltern unseres kleinen Dara. Wir wussten nicht, dass der Preis dafür ein hoher sein würde. Jetzt haben wir den blauen Himmel, aber wir haben nicht viele Dinge, wie seine Flügel. Manchmal kann ich seine eisernen Flügel hinter dem Eisentor weinen hören. Aber es gab keine andere Wahl; er konnte sie nicht mitnehmen, aber er versprach ihnen und sich selbst, dass er sie eines Tages zurückfordern würde. Tatsächlich höre ich den Schrei vieler Dinge und Menschen, die wir zurückgelassen haben. Aber was hätten wir noch tun können? Wir konnten dieses finstere, raucherfüllte Land nicht länger tolerieren. Es war zu dunkel für uns. Wir müssen auch die Fakten akzeptieren."

„War es so einfach?", fragte Apana.

„Nein, überhaupt nicht, es war überhaupt nicht einfach", sagte Nana. „Ich sehe immer noch Wunden auf den Schultern meines Mannes. Manchmal bluten sie und durchtränken sein Hemd mit Blut. Mein Mann möchte manchmal nicht, dass ich sein schmerzverzerrtes Gesicht sehe, also schläft er mit dem Rücken zu mir. Er vergisst, dass die Sprache des Herzens von den Ohren nicht gehört werden kann. Ich fühle seinen Schmerz und drehe ihm den Rücken zu, während ich um seine verlorenen Flügel und unser verlorenes Land weine. Was auch immer er ist, er ist halb Mensch und halb Vogel."

Eine Krankenschwester kam ins Zimmer, um etwas zu überprüfen, und sie sprachen nie wieder über dieses Thema. Durch das Fenster war ein Flugzeug mit zwei eisernen/stählernen Flügeln zu sehen.

KAPITEL 22

Die Marienkäferdame

Nach dem Frühstück und den regelmäßigen Besuchen von Ärzten und Krankenschwestern fanden die beiden Schwestern Gelegenheit, sich wieder zu entspannen.

Apana fragte Nana: „Was machst du in deinem neuen Land?"

Nana sagte: „Jetzt unterrichte ich, aber am Anfang habe ich der Marienkäferdame geholfen."

Apanas Augen weiteten sich und sie fragte überrascht: „Marienkäferdame? Was meinst du damit?"

„Nun, das bedeutet eine Frau, die ein Marienkäfer ist." Nana beugte sich zu Apana vor und flüsterte ihr sacht ins Ohr: „Es ist tatsächlich ein Geheimnis, das ich vor einiger Zeit entdeckt habe. Wenn ich es dir anvertraue, bewahrst du es dann bitte als unser Geheimnis?"

Apana sagte: „Okay, ich werde es tun."

Nana lächelte und fuhr fort: „Nun, in unserer Nachbarschaft lebt eine Frau, die 100 Jahre alt ist. Sie ist ein bisschen egoistisch und selbstsüchtig/egozentrisch. Sie lebt in einem großen Haus und liebt immer noch Süßigkeiten und benimmt sich wie eine junge, verliebte Frau. Sie liebt Kleider, Farben und gutaussehende Männer."

„Was für eine großartige alte Dame! Ein solcher Geist ist liebenswert."

„Meine Liebe, ich habe viel von ihr gelernt. Zum Beispiel hat sie mir beigebracht, dass Alter nicht nur Zahlen sind. Sich jung zu fühlen liegt in deinem Herzen begründet, und es spielt keine Rolle, wie alt du bist. Aber was diese Nachbarin für mich besonders macht, ist, dass sie nicht wirklich ein Mensch ist, sie ist ein Marienkäfer."

Apana war überrascht, hob wie immer nachdenklich die Augenbrauen und sah Nana vorsichtig an.: „Sag mir genau, wie sie aussieht, damit ich einen Eindruck von ihr erhalte!"

„Nun, du weißt ja, Marienkäfer sind einsame und nicht sehr gesellige Insekten. Man sieht selten zwei oder drei von ihnen zusammen an einem Ort. Ich habe sie in meinem ganzen Leben nie als Kolonie gesehen. Ich fand es merkwürdig, dass sie sie in einer Ecke am Fenster gesammelt hat."

„Oh!"

„Nun, manchmal, wenn ich die Töpfe wässerte, waren die Ecken des Fensters voller toter und sterbender Marienkäfer. Ich bemerkte, dass die alte Dame empfindlich reagierte, wenn ich in ihre Nähe kam, oder wütend wurde, wenn ich sie berühren wollte. Einmal sagte sie mir zornig, ich solle nicht mehr dorthin gehen. Die alte Dame hasst Spinnen genauso wie Marienkäfer und man kann auch keine Spinnen in ihrem gesamten Haus finden. Sie ist eine sehr reinliche Frau,. also warum liebte sie es dann, so viele tote und sterbende Insekten um sich zu haben? Eine seltsame Angewohnheit. Und überall sonst gab es immer so viele Marienkäfer. "

Apana nickte zustimmend, aber tief in ihrem Herzen wusste sie, wie sehr Nana gelitten hatte, für die alte Frau zu arbeiten. Es war Nanas seltsame Angewohnheit, die bitteren und traurigen Erfahrungen mit ihrem kreativen und einzigartigen Verstand in liebliche, fantasievolle Spiele umzuwandeln.

Gleiches galt für Apana. Sie verfügte über die gleiche Fähigkeit. Apana nannte ihren Freund „Löwe" und ihr Freund nannte Apana „Gazelle". Es war die traurige Liebesgeschichte eines Jägers und einer Gejagten. Den Körper in einem plötzlichen, unwillkürlichen Hunger und ihr Herz nicht unberührt lassend, verwandeln Gedankenspiele Bitternis/Bitterkeit in Süße, die Geschichte der Marienkäferdame oder des Löwen und der Gazelle war wahr und auch nicht wahr.

KAPITEL 23

Wie sieht Gott aus?

Es war eine ruhige Nacht. Die beiden Schwestern genossen das Wunder, zusammen zu sein. Der heimtückische Schmerz machte Apana ungeduldig. Um ein Gespräch zu beginnen und den Schmerz zu vergessen, fragte sie Nana: „Wie sieht Gott aus?"

Nana dachte ein wenig nach und sagte: „Diese Frage erinnert mich an eine Geschichte. Willst du sie hören?"

Apana nickte.

Nana fing an: „Es war einmal eine Bauersfrau, die zur Quelle ging, um ihren Krug mit Wasser für den Heimgebrauch zu füllen, weil es zu dieser Zeit in ihrem Dorf kein Leitungswasser gab. Sie war müde und seufzte: „Ahh." Plötzlich erschien ein junger Mann vor ihr. Sie hatte Angst und fragte ihn, wer er sei. Der Junge stellte sich als „Ahh" vor und fragte die Frau, warum sie ihn gerufen hatte. Sie erinnerte sich, dass sie einen Moment zuvor ihren Krug gefüllt und geseufzt hatte. Sie war sehr müde und wünschte, sie könnte sich etwas ausruhen. Ernahm das Gehörte zur Kenntnis, lächelte und verschwand. Sie dachte, sie hätte vielleicht geträumt, also nahm sie ihren Krug und ging zurück nach Hause.

Es war ein heißer Sommerabend und die Frau musste aufs Dach, um das Moskitonetz für den nächtlichen Schlaf herzurichten. Aber sie fiel die Treppe hinunter und brach sich eines ihrer Beine. Nach einem Monat erholte sie sich und konnte wieder laufen und arbeiten. Eines Morgens seufzte sie erneut und der junge Mann erschien ihr wieder. Ahh fragte, was mit ihr los sei und sie sagte ihm, dass sie sich das Bein gebrochen hatte, was nicht genau das war, was sie meinte, als sie um „eine Pause" bat. Ahh antwortete, dass er sich nicht daran erinnern würde, dass die Frau genau erklärt hatte, was genau sie mit dem Wort ‚Ruhe' meinte. Diesmal wünschte die Frau also, einige schöne und kostbare Geschenke zu erhalten, und dass nichts Unangenehmes geschehen würde. Ahh lächelte und verschwand.

Am nächsten Tag kamen einige uneingeladene Gäste mit vielen kostbaren und schönen Geschenken und Mitbringseln zu ihr nach Hause. Obwohl die Geschenke der Bauersfrau sehr gefielen und sie glücklich machten, blieben die Gäste einen Monat bei ihr und die Frau musste sich Tag und Nacht um sie kümmern. Abgesehen davon, wie müde sie war, gab sie viel Geld für die Verköstigung der Gäste aus. Nach ihrer Abreise saß die wütende Frau in einer Ecke des Raumes und seufzte. Als Ahh diesmal auftauchte, war die Bauersfrau wütend und erklärte, dass die Einzelheiten überhaupt nicht passten; sie hatte noch mehr gelitten. Die Frau sagte Ahh auch, dass sie Angst vor Wünschen habe, weil immer etwas mit ihren Wünschen nicht stimmte. Also wollte sie wieder dieselbe einfache Frau sein und sich über das freuen, was kommen könnte. Danach seufzte sie nie mehr und sah Ahh nie wieder.

Apana lächelte und sagte: „Nana, denkst du, unser Gott ist das, was wir uns vorstellen?"

„Genau. Er ist genau so, wie wir es gerne wären, und immer unvollkommen ", sagte Nana.

Dies war ihr letztes Gespräch über Gott. Die Frage „Wie Gott aussieht" wurde für immer ersetzt, indem Gott einfach akzeptiert wurde, wie er seit Jahrhunderten von den Menschen und unseren Vorfahren akzeptiert wurde: als reine Quelle unbekannter Macht, die ihre Wünsche erfüllt. Gott war, wer er sein sollte. Er war der Eine und er war niemand.

KAPITEL 24

Die große und der kleine Div*

Den Schnee hinter dem Fenster des Krankenhauses fallen zu sehen, hätte spektakulär sein können, als die beiden mitfühlenden Schwestern gemeinsam auf Apanas Heilung und Befreiung von diesem traurigen Ort warteten.

Nana fragte Apana: „Wann haben deine Schmerzen angefangen?"

„Es ist nicht leicht, es zu glauben", sagte Apana, „aber was ich jetzt sagen möchte, ist genau das, was passiert ist." Traurig sah sie Nana an.

Nana verstand, was sie meinte, und sagte: „Liebe Apana, mach dir keine Sorgen. Ich weiß, dass die Welt voller seltsamer Dinge ist. Ob du an sie glaubst oder nicht, sie existieren. Also mach dir keine Sorgen. Sag mir, was in deinem Herzen ist!"

Apana stimmte zu und begann: „Eines Nachts, am ersten Tagen meines Aufenthalts hier, in einer kalten und schneereichen Nacht, wurde ich von einem seltsamen Geräusch geweckt. Ich hatte Angst vor dem, was ich sah. Ich wollte schreien. Aber ich konnte mich nicht bewegen. Ich konnte sehen, fühlen und hören, aber ich konnte mich nicht bewegen. Weißt du was ich gesehen habe?"

Nana schüttelte den Kopf.

„Ich sah zwei ‚Divs'. Sie standen neben meinem Bett. Eine große und eine kleine. Sie sprachen in einer Sprache, die ich nicht verstehen konnte. Dann sprang der kleine Div auf meinen Bauch und begann auf und ab zu hüpfen. Der Größere versuchte den Kleinen aufzuhalten. Obwohl ich ihre Sprache nicht verstehen konnte, konnte ich fühlen, dass der Größere versuchte, ihn aufzuhalten. Aber der kleine Div hörte ihm nicht zu und sprang weiter, bis er sich schließlich in meinen Bauch drückte. Ich war überwältigt von dem Schmerz, der mich durchfuhr, und ich wurde ohnmächtig. Ich dachte, ich wäre die ganze Nacht bewusstlos gewesen, weil es Morgen war, als ich erwachte."

Nana sah Apana an und erinnerte sich daran, dass sie noch nie mit jemandem über den Div gesprochen hatte.

„Ich habe sie gesehen, Nana. Glaubst du, ich habe es geträumt?" Der aufgeregte Blick ihrer Augen lag flehentlich auf Nana.

Nana fragte: „Also ist dieser kleine Div oder was auch immer die Ursache deiner Krankheit, richtig?"

Apana antwortete: „Ich denke schon. Nach dieser Nacht habe ich mich nie mehr gesund gefühlt. Aber Nana, wer glaubt mir? Die Welt ist voller eindimensionaler Dinge und Realitäten, aber ich bin ein Wesen verschiedener Dimensionen, und diese Fakten passen nicht zusammen."

Nana sagte: „Nun, nachdem ich mein Leben auf der Brücke begonnen und die Existenz unsichtbarer Gesetzesketten in der Welt des ‚Seins oder Nicht-Seins' bemerkt habe, glaube ich, dass nichts unmöglich ist.

Vielleicht existiert ein Land der Divs. Wer weiß? Aber liebe Apana, wir bringen dich raus. Wir beten zusammen und tun so, als ob es so wäre. Wenn der Schnee schmilzt, verspreche ich, dich hier rauszuholen. Wir werden für immer zusammen bleiben."

Die Krankenschwester kam ins Zimmer und wechselte Apanas Serum. Nana erinnerte sich an die schwarzen Wurzeln. Was sie waren. Was passiert war. Alles schien unbekannt und mysteriös. Der Wolf in ihrer Seele warnte sie vor etwas, das sie nicht verstehen konnte. Es schneitestark und grausam.

---

* Ein Div ist eine imaginäre Kreatur in alten iranischen Geschichten. Sie sind vergleichbar mit Dämonen oder Riesen.

KAPITEL 25

Camisado

Eine weitere Nacht kam mit mehr Schmerzmitteln für einen besseren Schlaf. Aber Nana wartete. Sie wusste, dass etwas passieren würde. Sie saß regungslos auf ihrem Stuhl und starrte in die Ecke, in der die schwarzen Wurzeln verschwunden waren. Stunden vergingen und Nana schlief ungewollt ein.

„Verlasse das Zimmer, Nana. Verlasse das Zimmer."
Es war die vertraute, aber alarmierende Stimme des Padid-Baumes. Nana öffnete die Augen und sah Apana an. Viele schwarze Wurzeln wanden sich um ihren Körper. Sie packte die Wurzeln und versuchte, sie mit bloßen Händen von ihrer Schwester loszureißen. Sie fühlte ein starkes Brennen, als sie sie berührte, aber ihr Beschützerinstinkt überwältigte den Schmerz. Dann spürte sie die Wurzeln des Padid-Baumes um ihre Taille, die versuchten, sie von dieser gefährlichen Schlacht wegzuziehen.

„Lass sie los, Nana, du kannst nichts tun."
„Rette ihren kostbaren Baum!"

„Ich kann nicht. Meine Kraft entstammt der Liebe, deiner Liebe, sie kann nicht in eine andere verwandelt werden. Liebe ist Einheit, die mir Kraft gibt, wenn ich bei dir bin. Dein Name ist in meinen Stamm geritzt Liebe kann nicht wie ein Besitz verliehen oder an andere weitergegeben werden. Das Herz der Liebe kann nur in der Brust des Geliebten leben. Liebe ist eins und es gibt keine zwei. Aber die dunklen Wurzeln des Palid-Baumes werden von Hass genährt, und Hass wirkt allein in Abgeschiedenheit. Er ist wie ein Feuer im Wald, er verbrennt alles. Es liegt in der Natur, er kann es nicht vermeiden."

„Wenn das so ist, möchte ich, dass Palid mich anstelle von Apana nimmt. Ich werde mich gegen sie eintauschen."

„Nana, erinnerst du dich nicht an den kleinen Div? Er ist das Kind des Palid-Baumes, der sich in Apana befindet. Der Körper deiner Schwester ist ein vorübergehendes Zuhause für diese unreife Frucht, und jetzt ist es Zeit für Divs Geburt und seine Rückkehr nach Hause. Palid wird ihr Kind niemals verlassen. Diese schwarzen Wurzeln werden den Div heute, morgen oder in zehn Jahren zu seiner Mutter, dem Palid-Baum, zurückbringen. Diese Wurzeln werden an Apanas Blut saugen und sie so krank machen, dass sie früher oder später aufgeben wird. Der kleine Div gehört zur Finsternis.

Nana riss die letzte schwarze Wurzel aus dem Körper ihrer Schwester und warf sie dorthin, wo sie hergekommen war. Nana, verletzt und müde, war wachsam und atmete schwer. Der Padid-Baum versorgte Nanas Wunden. Die beiden Liebenden verbrachten eine Stunde damit, Apanas

Zimmer mit der heilenden Magie der Liebe zu füllen, als würden sie im Dunkeln eine Kerze anzünden.

Es war wieder Morgen; eine weitere Gelegenheit, einen neuen Tag mit Apana zu verbringen.

KAPITEL 26

Weinen ist der Spiegel des Lachens

Am nächsten Morgen sah Apana sehr schwach und müde aus. Ihr fehlten die Wort, um zu sprechen. Beide Hände waren mit einer Vielzahl von Seren, verbunden, ein Schlauch war in ihre Nase eingeführt worden, um ihr Nahrung zu geben, ein weiterer Schlauch befand sich vor ihrer Nase, um sie mit Sauerstoff zu versorgen, und ein Schlauch in ihrem Bauch sorgte für den Abfluss des Blutes. Tests hatten gezeigt, dass sie eine schwere Anämie hatte, daher verschrieben die Ärzte ihr einige weitere Einheiten Blut.

Nana war sehr besorgt und ihre Augen waren die die Spiegel des Leidens in ihrem Herzen. Apana sah Nana an und scholt sie: „Wo ist die starke, entschlossene Frau, die ich am ersten Tag hier getroffen habe?"

Nana versuchte, sich zu beherrschen, aber es war zu spät. Tränen strömten ihr über die Wangen. Auch Apana weinte. Sie weinte um alles. Um ihr Leben, die goldene und dahinfließende Gelegenheit, wie ein Fluss, der niemals zu seiner Quelle zurückkehren würde, wie die letzten Sandkörner, die vom oberen Teil einer Sanduhr herabfielen.

Nana nahm Apanas Hände und küsste sie zärtlich: „Entschuldigung, ich habe es nicht so gemeint. Aber manchmal ist es nicht schlecht zu weinen. Weinen ist wie ein Regen, der den ganzen Staub der Trauer von deiner Seele wäscht. Nach dem Regen gibt es Wasserlachen, die den Himmel in sich widerspiegeln, und die Tränen spiegeln die Schönheit deines Herzens wider. Der Heilungsschrei streichelt dein Gesicht mit seinen nassen Fingern. Meine Liebe, weinende Augen sind so schön, wenn die Geschichte von Herz und Seele erzählt und offenbart wird. Welch eine elende und erbärmliche Kreatur ist ein Mensch, der nicht weinen kann!"

Apana pflichtete ihr bei. Auch sie musste weinen. Kurz darauf fühlten sich beide erleichtert. Blut war ihr injiziert worden und Apana sah jetzt besser aus. Ihre Augen leuchteten heller nach dem salzigen Regen.

KAPITEL 27

Das Schönste

Nana und Apana beschlich ein seltsames Gefühl. Sie wollten demgegenüber gleichgültig sein, was als nächstes passieren konnte. Sie waren gefangen wie auf einem kleinen Eisberg im weiten Meer; schwimmend und dahintreibend und keine andere Wahl habend, als abzuwarten. Einerseits war es herrlich, von der Sonne beschienen zu werden, andererseits schmolz sie das Eis unter ihnen. Das Stück wurde immer kleiner, aber die beiden Schwestern beschlossen, im Moment zu leben, um die Gelegenheit zu achten, zusammen sein zu können. Sie hofften, dass es sie unterstützen würde, die Gesellschaft des anderen zu genießen und ihre aufrichtige Liebe miteinander zu teilen. So verbrachten sie ihre Tage.

Aber auch der Schmerz, der ewige Begleiter der Menschheit, war ihnen ein ebenso beständiger Begleiter. Apana erlebte eine Art Schmerz, der nicht zu beschreiben ist, und Nana spürte einen weiteren Schmerz in ihrem Herzen und ihrer Seele, der einer Folter gleichkam. Klagen wurden zum Schweigen gebracht, weil sie wussten, dass der Schmerz nicht wichtig war. Was zählte, war, wie man mit dem Schmerz umgeht. Schmerzen kommen und gehen immer aus unterschiedlichen Gründen zu unterschiedlichen Zeiten, aber was einen Menschen besonderer macht als andere, ist seine einzigartige Weise, mit Schmerzen umzugehen. Wird er sich dem Schmerz ergeben oder bis zum letzten Moment kämpfen? Es liegt in der Natur des Menschen, zu entscheiden, was zu tun ist. In diesen Momenten, wenn der Mensch seinem Schmerz ausgesetzt ist, können die schönsten Dinge entstehen.

Also bat Apana Nana, ihr eine andere Geschichte zu erzählen, um die Eröffnung einer weiteren Offenbarung zu genießen, einen Blick hinein zu werfen und den Schmerz zu vergessen.

KAPITEL 28

Das Abkommen

Nana begann die Geschichte mit den Worten: „Es war einmal eine Stadt, in der sich die Menschen der Schönheit der Träume nicht bewusst waren. Es gab eine Frau, die in ihren Träumen leben konnte, was ihr in ihrem wirklichen Leben verwehrt war. Die Welt der Träume war geheimnisvoll und hell. Das wirkliche Leben war hart und düster. Eines Tages fand die Frau einen Mann, der auch Träume liebte. Also heirateten sie und nach einer Weile wurde die Frau schwanger und das brachte sie zurück in das wirkliche Leben, das in diesem Moment voller Farben und Licht war.

Eines Tages, als die Frau allein im Haus war, klingelte es an der Tür. Die Frau ging zur Tür und fragte: „Wer ist da?"

Eine brutale Stimme hinter der Tür antwortete: „Ich bin es, der große Div, ich bin gekommen, um dein Baby zu holen."

Die Frau trat zurück, legte die Hände auf ihren Bauch und überlegte kurz. Sie öffnete die Tür, starrte dem Div in die Augen und sagte: „Nein, ich werde dir mein Baby nicht geben. Verschwinde von hier! Du machst mir keine Angst!"

Der Div sagte: „Ich bin stark und du nur eine schwache Frau."

Die Frau sagte: „Ich habe keine Angst, weil ich Mutter bin und Mütter die mächtigsten Wesen der Welt sind." Dann überlegte sie kurz und sagte: „Aber jetzt, wo du hierhergekommen bist, lass uns ein Abkommen treffen/ einen Handel schließen!"

„Was für ein Abkommen? Wie können du und ich ein Abkommen treffen/einen Handel schließen? Divs verhandeln nicht, sie bekommen stets/immer das, was sie wollen."

Die Frau sagte: „Nein, das stimmt nicht. Wenn dem so wäre, wärst du nicht hier. Erpressung an sich ist bereits eine Abkommen. Du wolltest mein Kind anstelle deiner Rauheit und Wildheit. Entspricht das nicht der Wahrheit?"

Der Div kratzte sich am Kopf und dachte nach. „Das ist richtig, Erpressung kann ein Abkommen sein. Aber ich kenne keinen anderen Handel"

Die Frau sagte: „Es besteht kein Grund zu wissen, weil die Existenz der Welt darauf beruht, stattdessen Dinge zu nehmen und zu geben. Wir tauschen kindliche Unschuld gegen die Unabhängigkeit der Jugend. Und wir geben unsere jugendliche Energie für Wohlstand im Alter her. Die Ruhe des Todes ist den Gebrechen des Alterns vorzuziehen. Manchmal scheint es fair, dass wir es 'Gerechtigkeit' nennen, und manchmal scheint es nicht fair zu sein, daher wird es 'Ungerechtigkeit' genannt.

Selbst jemanden davon zu überzeugen, dass man in einem falschen Handel fair ist, ist auch ein Handel."

Es war unwahrscheinlich, dass Divs solche Dinge hörten oder gar verstanden, aber diese Frau hatte etwas an sich, das den Div verwandelt hatte. Ohne das geringste Verlangen schloss er einen Handel, der es ihm erlaubte, zu verstehen, zu fühlen und nicht in Raserei zu verfallen. Also sagte er zu ihr: „Okay, was auch immer du willst."

Die Frau sagte: „Nimm mein Baby nicht mit dir, und ich werde dir im Ausgleich Unsterblichkeit verleihen. Ich werde dich eines Tages in die Welt der Geschichten entführen und du wirst immer ein Teil von mir, meinem Kind und der ganzen Welt sein. „

Der große Div weinte. Divs sollten niemals in die Augen einer schwangeren Frau schauen, da diese Augen sachkundige Alchemisten sind. Er hatte Schmerzen, schrie, löste sich in Rauch auf und stieg in die Luft. Und niemand hat jemals den großen Div wiedergesehen, der nun kein Div mehr war."

Nana sah aus dem Fenster. Sie sah, wie der große Div sie ein Stück weit entfernt beobachtete. Es war ein wandernder Div, der zum Fluch für immer aus dem Land der Dunkelheit verbannt worden war. Der große Div war derjenige, der mit dem kleinen Div gesprochen hatte. Er war nicht erfolgreich gewesen. War in dieser Nacht ein fairer Handel geschlossen worden? Apanas Leben statt der Rückkehr des kleinen Div nach Hause? Eine Träne glitt aus Nanas Auge und dem Auge des großen Div. Was würde der nächste Handel beinhalten?

KAPITEL 29

Stille ist der letzte Schritt

Die Stimmung dieser Tage in ihrem Zimmer war stiller. Apana glitt weiter hinfort und sprach weniger. Und auch Nana brachte die Erzählerin ihrer Geschichten aus tausendundeiner Nacht zum Verstummen.

Manchmal lässt dich das Ausmaß des Schmerzes verstummen.

Manchmal war es besser zu schweigen und nichts zu sagen. Manchmal sagt Stille mehr als tausend Worte. Manchmal gibt es keine Erklärung außer der Stille.

Und natürlich gibt es auch die Stille, die sich aus der Nichtigkeit jeglicher Bedeutung ergibt, die durch keine Worte ausgedrückt werden kann.

Wie konnte Apana ihrer auf immer geliebten Schwester sagen, dass sie sich nach ihrem letzten Abschied sehnte? Wie konnte Nana es wagen, sie mit Lügen über ihre Genesung zu täuschen? Ihr Herz entschied sich, die

Hoffnung nicht aufzugeben, aber es gab einige Fakten über Apanas Zustand, denen sich Nana nicht ehrlich stellte.

Also fiel Apana schweigend ins Koma.

KAPITEL 30

Käfige

Manchmal ist dein Körper der Käfig deiner Seele. Manchmal ist der Raum, in dem du dich befindest, der Käfig deines Körpers. Und manchmal wird die Liebe, die dir Leben gibt, zu deinem Käfig. Es gibt eine seltsame Beziehung zwischen Menschen und Käfigen. Nana hielt es für eine schmerzhafte Botschaft über die ewige Gefangenschaft der Menschheit in sich selbst, einen gelben Kanarienvogel in einem kalten Eisenkäfig zu halten.

War der Geist von Apana bestrebt, ihrem Käfig zu entfliehen, oder wurde sie benutzt? Hatte ihre Seele den Wunsch zu fliegen oder hatte sie Angst zu gehen? Nana wusste in diesem Moment nicht, wofür sie beten sollte: frei von ihrem leidenden Körper zu sein oder in einem zerbrochenen und zerstörten Käfig zu bleiben.

Es war nichts bekannt, außer dass die beiden Schwestern wie zwei gefangene Vögel in einem Käfig namens Raum 215 im Hotel Gottes gefangen waren.

KAPITEL 31

Die Auferstehung

Am Tag der Auferstehung Christi blieb Apanas Herz stehen und ihr letzter Atemzug entfloh wie ein kleiner Vogel. Ein einfacher und unschuldiger Flug.

Nana schrie mit aller Kraft. Sie wusste nicht, ob Apana sie hören konnte oder nicht. Es war, als wäre der Eisberg, auf dem sie gewesen waren, in zwei Teile zerbrochen war und sie zusah, wie Apana versank. Nana bat Apana, sie nicht allein in diesem kalten und fremden Land zu lassen, aber die Wurzeln des Palid-Baumes hatten Apana und den kleinen Div, der in ihrem Bauch gewachsen war, an einen unbekannten Ort zurückgebracht.

Der Tag des Jüngsten Gerichts bedeutet, dass man die großartigsten Symphonien der Welt hört, es einem aber gleichgültig ist. Gebirge tanzen und Meere fliegen vor deinen Augen dahin, aber das kümmert dich nicht im Geringsten, denn etwas viel Wichtigeres ist passiert. Ein Ereignis, das dich halb menschlich macht. Du besitzt nur noch ein halbes Herz, eine halbe Seele und irgendwie sogar nur noch einen halben Körper.

Auferstehung bedeutet, dass all deine Besitztümer, dein Geist, deine Erfahrungen, dein Glaube und dein Durchhaltevermögen gewandelt wurden. Deine gesamte Ideologie- und dein ganzes Glaubenssystem wurde auf den Kopf gestellt. Es bedeutet, dass du dich in der Grauzone zwischen Licht und Dunkelheit befindest. Du bist gleichzeitig ein Gläubiger und ein totaler Atheist. Und manchmal stehst du zwischen diesen ... Auferstehung bedeutet, aus einem süßen und fröhlichen Schlaf zu erwachen und deine Augen für die Welt der nackten und alptraumhaften Realität zu öffnen ... Es ist die Rückkehr des Menschen aus der Welt der Unkenntnis und Einfachheit in die Welt der bitteren Tatsachen, die er gerade erst begriffen hat ... Es war ein sehr schmerzhafter Zusammenbruch. Und es war der Beginn einer engelsgleichen Auferstehung, deren Flügel verbrannt waren und die im Land der Sterblichkeit gefallen war.

KAPITEL 32

Die Rückkehr

Im Hotel Gottes war nichts mehr übrig. In der verbleibenden Hälfte von Nana gab es ein mütterliches Herz, das für Dara schlug. Sie verließ den Käfig ohne ihre andere Hälfte. Sie sah zum dunklen Himmel auf. Es war so kalt, aber in ihrem Inneren brach ein Vulkan aus. Sie hatte die warme Wolfshaut abgenommen, die der Eingeborene ihr bei ihrer Ankunft gegeben hatte, die es ihr erlaubt hatte, dieses kalte, schneebedeckte Land zu bezwingen. Aber es gab keinen Schnee mehr, der Regen hatte ihn gänzlich hinfortgespült.

Sie sagte: „Es ist zu spät!"

Dann heulte sie wie ein Wolf. Zweifellos weinten Wölfe auf diese Art. Kurz darauf kam der Wolf mit den feurigen Augen ohne den Eingeborenen zu ihr. Nana umarmte ihn und der Wolf legte seinen Kopf auf Nanas Schulter. Am Morgen hörte man die beiden Wölfe knurren.

KAPITEL 33

Atlas

Am nächsten Morgen war Nana wie ein Engel mit verbrannten Flügeln. Ein Engel, der aus der Quelle himmlischer grüner Länder trank und herrlich flog, bis sie gestern ihre Augen für die grausame Realität ihres Anstands in der Wüste des Leidens am nächsten Morgen geöffnet hatte. Das Vergnügen am Fliegen war nicht mehr.

Nana war wie ein Schwarzes Loch, entstanden durch die Zerstörung eines Sterns. Ein schwarzes Loch, das alles in seine Dunkelheit ziehen und vernichren konnte.

Nana war wie eine unsichtbare Kreatur, die die Welt nicht sehen konnte, aber sie schleppte Licht des Universums in ihrer Dunkelheit mit sich und tötete es.

Nana war wie Atlas, verflucht von den Göttern, dazu verdammt, die Erde für immer auf seinen Schultern zu tragen. Der wünschte, in Stein verwandelt zu werden, aber letztendlich von dem Fluch befreit werden konnte.

KAPITEL 34

Der Wasserfall

Nana musste eingeschlafen sein, weil sie nicht bemerkt hatte, wann der Wolf gegangen war. Der einheimische Mann, den sie getroffen hatte, als sie im verschneiten Land ankam, trat auf sie zu. Wortlos ergriff er Nanas Hände. Durch diese Berührung konnte Nana die Vorfahren des Mannes sehen, wie sie durch einen erleuchteten Tunnel schritten. Sie waren die wahren Kinder der Natur. Nana war überrascht, etwas in ihrem Herzen zu fühlen. Sie fühlte die „Mutter der Erde".

Dann brachte der Eingeborene sie zu einem riesigen Wasserfall. Die Allgewalt des Wasserfalls bemächtigte sich Nanas Seele. Sie ergötzte sich eine Weile an den grünen, gläsernen Wassern, doch schon bald fühlte sie wieder den Schmerz in ihrem Herzen.

Der Mann zeigte auf den schmelzenden Schnee und sagte: „Der Schnee schmilzt, fällt von der Höhe der Berge und schafft diese einmalige Schönheit. Bis du nicht in das tiefe Tal stürtzt, wirst du nicht schön sein. Diese Botschaft ist für dich, das ist dein Weg. "

Nana musste eine Entscheidung treffen. Sie erinnerte sich an die nackte Frau auf der Brücke, die hinabgesprungen war. Was war der wahre Schmerz dieser Frau?

Der Eingeborene zeigte auf den Wasserfall: „Der Weg zurück nach Hause!"

Nana blickte kurze Zeit auf den riesigen, fließenden, gläsernen Wasserfall und sprang dann in den mächtigen Strom.

Im letzten Moment hörte sie den Eingeborenen sagen: „Weiter und immer weiter!"

KAPITEL 35

Tausende und abertausende Tropfen

Sobald sie auf dieses riesige, gläserne, grüne Wasser traf, fühlte sie sich wie ein Stück Kristall, das auf den Felsen des Wasserfalls in tausende und abertausende Tropfen zerborsten war, gefolgt von dem explosiven Geräusch, das im glitzernden und ohrenbetäubenden Dröhnen des Wasserfalls verloren ging. Nana fühlte sich so leicht wie die winzigen Wassertropfen, die im Weltraum verstreut waren. Sie wusste nicht, wer sie war, woher sie kam oder wohin sie gehen würde. Das Nichts war genau, was sie brauchte. In diesem Moment war sie eins mit dieser absoluten Schönheit, Kraft und Einzigartigkeit. Wasserfälle sind die prächtigsten, schönsten und endgültigsten Gewässer der Welt. Wasserfälle sind der Abschied vom Boden und die Rückkehr zum Arm. Wasserfälle sind nach dem Fall des Regens der erneute Flug des Wassers.

KAPITEL 36

Das entlarvte Land

Stromabwärts des Wasserfalls, wo der Fluss etwas ruhiger war, lag die nackte und halbtote Nana am felsigen Ufer in den Armen der Wurzeln des Padid-Baumes. Ihre Haare wogten langsam im Wasser und der Padid-Baum streichelte sie mit seinen heilenden Zweigen. Als der Padid-Baum ein Geräusch von den Bäumen in der Nähe vernahm, bedeckte er Nanas Körper mit einem grünen Gewand aus Blättern, ging langsam zurück zum Fluss und verschwand.

Jemand kam zu Nana: „Steh auf, Nana. Willkommen im entlarvten Land."

Nana öffnete die Augen und berührte das weiche grüne Gewand. Mühsam hob sie den Kopf und sah die fremde und doch irgendwie vertraute Frau an, die ihr gegenüberstand. Dann sagte sie mit offenen Augen: „Die Marienkäferdame?"

Die Frau antwortete: „Oh, du hast mich erkannt, gut gemacht!" Dann gab sie Nana eine Tasse Kaffee und sagte: „Ich weiß, dass deine Erinnerungen an mich nicht die besten sind. Manchmal war ich unfreundlich zu dir. Kannst du mir vergeben?"

Nana schwieg eine Weile. tDen einzigen Zorn, den sie in ihrem Herzen noch fühlen konnte, war der, Apana verloren zu haben. Sie konnte nichts dagegen tun, genauso wenig wie gegen den Palid-Baum, der ihre Schwester weggebracht hatte. Also nickte sie und vergab der alten Frau.

Die Marienkäferdame lächelte und sagte: „Wie gesagt, dies ist das entlarvte Land, und es ist klar, warum man es so nennt. Hier kannst du jeden so sehen, wie er innerlich ist, ohne Maske. Zum Beispiel kann ich deinen strahlenden Geist sehen, der versucht, in Einklang und Freundschaft mit der Natur zu sein. Dein Herz ist eines der seltenen Herzen, die in deiner Art sonst nicht zu finden sind. Damit meine ich die Menschen. Du bist irgendwie ein Kind der Erde. Also, liebe Nana, sei dir bewusst, dass du hier viele Freunde hast. Trink Kaffee und geh den Fluss entlang. Vertraue auf den Fluss! Er wird dich zu gegebener Zeit führen."

Dann schenkte sie Nana einen respektvollen Blick und wandte sich ab. Die Marienkäferdame in ihrem rot-schwarzen Kleid verschwand in der Dunkelheit der Bäume am Fluss. Wie hatte sie Nanas Leiden erkannt? War es wahr, dass im entlarvten Land alles sichtbar war? Wenn ja, wie sahen Herzen und Seelen ohne Maske aus?

Nana nahm einen Schluck von ihrem Kaffee. Er war süß und warm. Schweigend beobachtete sie den Fluss.

KAPITEL 37

Wie die Flüsse sterben

Den Fluss lange zu beobachten und ihm zu lauschen versetzte Nana in Trance. Unsichtbare Zeit- und Ortsketten entsprangen ihrer Seele, und sie wurde des Schicksals von Regen und Schnee gewahr, nachdem sie zu Boden gefallen und geschmolzen waren und als kleine Quellen und Bäche von den Bergen herabflossen. Nana konnte sehen, wie große und breite Flüsse aus diesen flachen und unbedeutenden Bachläufen entstanden. Die Flüsse, diese Adern der Erde, waren die Gastgeber riesiger Länder, Menschen und vieler Kreaturen. Viele bittere und süße Ereignisse geschahen während ihrer Reise. Nana sah viele Tempel, die neben dem heiligen Land der Flüsse gebaut wurden. Zahlreiche Religionen und Überzeugungen waren mit ihnen verbunden. Durch das Baden im Wasser hofften die Gläubigen, dass ihre Sünden weggespült würden. Sie warfen auch die Asche ihrer Toten in ihre ewige Heimat aus Wasser. Etwas weiter flussabwärts gab es vielleicht Bauern, die in den Flüssen Opfergaben darbrachten, um ihr Land und ihre Ernten zu segnen. Oder die Fischer, deren Leben von ihrer Großzügigkeit abhing, und Metropolen, die seit Jahrhunderten aufgrund des Segens der Flüsse geboren wurden. Was auch immer sie waren, nichts konnte sie am Fließen hindern. Die Dynamik war die inhärente Essenz der Flüsse. Das leise, kontinuierliche Rauschen des Flusses wurde in Nanas Ohren zu einer bezaubernden Melodie, die sang: „Lass (es) vorüberziehen und geh, vergib und lass (es) vorüberziehen … lass los und zieh vorüber, vergib und zieh vorüber!" Nanas Seele begann am Fluss entlang zu tanzen, bis sie die Mündung des Flusses erreichte … Der Fluss endete in der Umarmung des Meeres. In der Umarmung des indigoblauen Meeres. Also war es da. Die Flüsse sterben in der Umarmung des Meeres.

Nana erwachte aus ihrer Trance. Sie saß immer noch an diesem großen Fluss. Ihr Herz wurde von der Wut und dem Hass des Palid-Baumes schwarz gefärbt.

Der Fluss war dynamisch und fließend. Es war lebhaft und groß. Das dynamische und ertragreiche Leben der Flüsse hatte die Flüsse dazu gebracht, einen so schönen Tod zu verdienen, den Tod des Flusses.

KAPITEL 38

Prinz Zaal*

„Steh auf, Nana, und mach weiter!" schrie ein junger Mann, der auf sie zueilte. Nana stand ungeduldig auf und bemerkte die Wurzeln des Palid-Baumes, die sich sehr nahe an ihren Beinen befanden.

Überrascht fragte Nana: „Was wollen sie? Ich habe keinen Div in meinem Bauch, oder?"

Der weißhaarige Mann sah sie erstaunt an und fragte: „Div?"

Das überraschte Gesicht des jungen Mannes erinnerte Nana an jemanden. Wo hätte sie ihn zuvor begegnet sein können? Nana antwortete: „Es ist eine eigenartige und lange Geschichte. Kennen wir uns?"

Der Mann antwortete: „Vielleicht! Das könnte auch eine eigenartige Geschichte sein. "

Dann fuhr der Mann fort, auf das grüne Gewand des Padid-Baumes an Nana deutend: „Natürlich wird mit diesem Gewand keine ernsthafte Gefahr für dich bestehen. Es wurde aus Liebe gefertigt. "

Der junge Mann streckte die Hand aus. Nana nahm seine Hand und empfand plötzlich ein ebenso seltsames wie vertrautes Gefühl. Sie kannte ihn von irgendwoher, konnte sich aber im Moment nicht daran erinnern, woher.

„Ich bin übrigens Prinz Zaal!", sagte er. „In diesem Land gibt es konkrete Gesetze für alle, und dein Gesetz lautet, von hier wegzuziehen. Ich werde dich Tag und Nacht begleiten, wenn du es mir erlaubst. "

Schon lange vor Beginn ihrer Reise hatte Nana gelernt, Ereignisse und Zeichen ohne Fragen zu begrüßen, und so erklärte sie sich bereit, den Rest ihrer Reise mit Prinz Zaal fortzusetzen.

* *Zaal* bedeutet auf Parsi eine Person, die mit völlig weißen Haaren geboren wurde. Es ist auch der Name eines mythischen Königs.

KAPITEL 39

Die Meditation

Prinz Zaal hatte die sehr angenehme Eigenschaft, nicht sehr gesprächig zu sein. Nana fühlte sich in seiner Nähe wohl und konnte sich benehmen, wie sie wollte. Wann immer sie ein Lied flüstern wollte, ging Zaal weiter wie eine taube Kreatur neben ihr her, sie nicht im Mindesten störend/unterbrechend. Er schritt nur geduldig neben ihr her. Das einzige Mal, dass Zaal sein Schweigen brach, war, als er Nana daran erinnern wollte, in Bewegung zu bleiben - das Gesetz des entlarvten Landes für Nana. Nana nörgelte manchmal und weigerte sich, wenn sie müde war oder die Hoffnung verlor, aber die freundliche und ausauernde Beharrlichkeit von Prinz Zaal konnte sie überzeugen, wieder weiterzulaufen.

Der Fluss und ihr ereignisloser Spaziergang versetzten Nana in eine tiefe Meditation. Nana erinnerte sich an die wilden weißen Gänse, die ihr erzählt hatten, wie sie auf langen Flügen in der Stille des Himmels die Stimmen ihrer Herzen und die Stimmen anderer Seelen hören konnten.

Obwohl Nana den wahren Grund für das Erscheinen des Prinzen Zaal in ihrem Leben nicht kannte, glaubte sie, dass dies trotz der ständigen und beunruhigenden Schmerzen beim Gehen unerlässlich/von wesentlicher Bedeutung war. Er verband sie mit ihrem verlorenen inneren Selbst.

KAPITEL 40

Die Einladung

Während einer ihrer Meditationen träumte Nana von einer seltsamen Szene. Ein großer, weit geöffneter Mund mit einem Buch darin lud Nana ein, hereinzukommen und das Buch zu lesen. Gegen Abend erreichten sie eine große Höhle, die durch das dichte Laub der Bäume sichtbar war. Nana bemerkte die Ähnlichkeit zwischen der Höhle und dem Mund in ihrem Traum. Sie machte einen Schritt in Richtung der Höhle, warf dem Prinzen einen Blick zu und fragte: „Kommst du nicht mit?"

Zaal antwortete: „Diese Einladung ist nur für dich. Ich werde hier warten."

Nana überlegte kurz. Eine starke Anziehung zwang sie, in die Höhle zu gehen, und so trat sie ein. Sobald sie eingetreten war, umgaben sie die Wurzeln des Palid-Baumes und zogen sie schnell tief in die Höhle.

KAPITEL 41

Die Hände mit Kerzen

Nana schrie mit aller Kraft, aber etwas zog sie durch den engen, dunklen Tunnel. Sie hatte das Gefühl, von einem schwarzen Loch eingesaugt zu werden. Vergebens griffen ihre Hände nach Halt. Sie wusste nicht, wie lange die Reise in die dunklen Tiefen der Erde andauerte, aber nach einer Weile endete sie. Die Wurzeln ließen von ihr ab und verschwanden. Als sich Nanas Augen an die Dunkelheit gewöhnt hatten, sah sie ein weites, leeres Feld ohne Pflanzen, das an zwei riesigen Bergen endete, die sich aneinander lehnten. Direkt am Fuß der beiden Berge gab es eine Treppe, die zu einer Höhle führte. Es war dunkel, aber nicht kalt. Sie konnte kein Geräusch vernehmen und fühlte sich von Magie umgeben. Es war wie in den Batu-Höhlen, aber es war Nacht und es gab keine Pilger. Dunkel. Großartig. Sie fühlte sich schwerelos, als würde sie träumen.

Eine Stimme hinter ihr befahl sanft: „Geh die Treppe hinauf, dort wartet jemand auf dich."

Nana drehte sich um und sah die nackte Frau, die zu Beginn von Nanas Reise von der Brücke gesprungen war. In ihrem langen Kleid sah sie gelassen/entspannt/friedvoll und schön aus.

Nana fragte: „Wer wartet auf mich?"

Die Frau antwortete: „Du wirst es herausfinden."

Sie begleitete Nana die Treppe hinauf. „Warum hast du dich in dieser Nacht von der Brücke gestürtzt?", fragte Nana.

Die Frau sagte: „Es gibt einige Schmerzen auf der Welt, die größer sind als der menschliche Geist, und manchmal erreicht ein Mensch seine Befreiung, indem er seinen Körper zerstört, um seine Seele zu befreien. Freiheit ist eine große Motivation. "

Nana stellte keine weiteren Fragen. Sie wusste, dass der Schmerz, von dem sie sprach, überwältigend sein konnte. Mangel an Liebe ist der größte Schmerz von allen.

Je näher sie der Treppe kamen, desto mehr tauchten sie in die Dunkelheit ein. Dort vor ihnen, wohin sie gingen, standen zwei Reihen brennender Kerzen auf beiden Seiten der Treppe. Die Kerzenreihen setzten sich bis zum oberen Ende der Treppe fort. Mit Hilfe der riesigen brennenden Kerzen, die auf den Handflächen offener Hände auf beiden Seiten der Treppe platziert waren, wurde es heller. Es war seltsam für Nana, weil sie nur die offenen Handflächen in zwei Reihen wahrnehmen konnte, ohne die Besitzer der Hände mit den brennenden Kerzen darauf sehen zu können. Nach einem langen Aufstieg schafften sie es endlich nach oben. Als sie die letzte Stufe erreichten, sagte die Frau zu Nana: „Von hier an musst du alleine gehen. Ich darf nicht eintreten. "

KAPITEL 42

Der Lichttunnel

Als Nana eine weitere Treppe hinaufstieg, verschwand die vorherige Treppe. Sie konnte sich nicht umdrehen, aber ihr Herz war erfüllt von wärmender Zuversicht. Eine Stimme bat sie, die Robe abzulegen und sich auszuziehen. Nana entkleidete sich und ging weiter. Sie fühlte sich leicht, als sie anfing, sich vom Boden zu erheben. Sie war in Licht getaucht. Dann trieb eine Kraft sie in einen Lichttunnel und Nana schoss wie ein Meteorit durch den Himmel. Als sie endlich zum Stillstand kam, betrachtete sie ein Land von unendlicher Schönheit.

KAPITEL 43

Die Kinder der „Wahrheit"

Ein Falter, der lila und rosa war und türkisblaue Flecken hatte, begrüßte Nana.

Nana lächelte ihn an und fragte: „Kenne ich dich?"

„Du bist mir noch nicht begegnet, aber du kennst mich", antwortete der Falter. „Aber es ist besser, nicht nach mehr zu verlangen. Manchmal ist es beruhigend, einige Dinge nicht zu wissen. "

Vor ihnen, zwischen Erde und Himmel, stand so etwas wie ein großer Baum. Wunderschöne Wasserfälle flossen wie seine Wurzeln von oben nach unten, wobei jeder von ihnen in mehrere Kaskaden unterteilt war. Anstelle von Blättern gab es dünne Fäden, die allmählich unsichtbar wurden, je weiter sie von der Halbbaumkreatur entfernt waren.

„Was sind das für Fäden?", fragte Nana.

„Oh, du kennst sie, die ‚unsichtbaren Fäden'. Das ist ‚Wahrheit'", sagte er und zeigte auf diesen riesigen Halbbaum.

Nana betrachtete die Wasserfälle. Es gab einen hellen, wohltuenden Nebel, mehr oder weniger. Obwohl keine Sonne oder andere Lichtquelle zu sehen war, erstrahlte ein Kaleidoskop von blauem, grünem und lila Licht. Es war so gewaltig und unglaublich, dass Nana nach Luft schnappte. Für einen Moment vergaß sie sogar Apana und den Grund, warum sie hier war. Sie sah viele Menschen in verschiedenen Gruppen am Ende jeder Kaskade. Eine Band/Musikgruppe war an einer Art Tanzzeremonie beteiligt. Die andere Gruppe saß und flüsterte mit monotoner Stimme. Eine Gruppe betrachtete den Wasserfall voll Liebe und Trauer. Es gab auch eine Gruppe von Sängern und eine Gruppe von Betenden. Eine Gruppe mit Büchern und Werkzeugen erging sich in etwas Ähnlichems wie Forschung und Diskussionen. In der Nähe einer der Kaskaden war eine Gruppe Nackter, die sich liebten.

Nana fragte den Falter: „Wer sind diese Leute und was machen sie?"

„Sie sind die Kinder der Wahrheit. Jede Gruppe betet nach ihrem Verständnis der Wahrheit. Obwohl sich alle Wasserfälle aus der Wahrheit speisen, sind ihre Interpretationen, Überzeugungen und Praktiken sehr unterschiedlich. Sie können nur einen Teil der Wahrheit sehen. Was sie sehen, ist richtig, aber unvollständig. Und natürlich ist es unmöglich, die ganze Wahrheit von dort unten zu erblicken.

Hier in der entlarvten Welt, obwohl auf den ersten Blick alles überladen zu sein scheint, ist es wie ein großes Orchester sie spielen eine unglaubliche Musik, weil jeder auf der Welt ein Instrument in dieser Symphonie ist."

Die Wahrheit zu sehen war amüsant und erfreulich. Innerhalb dieser heterogenen Gruppen gab es eine Gesamtordnung und Koordination. Im Laufe der Zeit bemerkte Nana, dass sich die Wahrheit sehr langsam, fast unmerklich, drehte.

Es war, wie der Wechsel von Tag und Nacht; subtil aber konstant. Nach und nach drehte sich die Wahrheit und enthüllte ihre andere Seite. Sie war schwarz und die Wasserfälle waren wie Teer und die unsichtbaren Fäden abgeschnitten. Am Fuße der Wasserfälle verehrte eine Gruppe von Dämonen und Divs die Wahrheit auf ihre Weise. Ihre Stimmen ergänzten wie Bassnoten die Symphonie der Wahrheit. Sie drehte sich zu dem Falter um und fragte, was los sei, aber sie war überrascht, einen kleinen Div neben sich stehen zu sehen. Nana erinnerte sich an die Wurzeln des Palid-Baumes. Ihre Überraschung verwandelte sich sofort in Wut. Sie erinnerte sich an ihren großen Hass auf den Palid-Baum und den kleinen Div.

Sie rief: „Du? Ich muss dich töten, damit deine Mutter spürt, wie sehr ich unter dem Verlust meiner Schwester gelitten habe."

Der kleine Div sah sie an, dann öffnete er seine Brust und holte eine gläserne Blase heraus und zeigte sie Nana. „In diesem Glas ist mein Leben", sagte er. „Ich gebe es dir und du kannst es zerbrechen und ich werde sterben, aber auch das wird dir Apana nicht zurückbringen, weil sie nicht hier ist."

Nana berührte das Glas von Divs Leben und zögerte, es zu zerbrechen. Die Gelegenheit zur Rache war jetzt gekommen, aber sie konnte den Div nicht töten. Sie hatte vor vielen Jahren erfahren, dass das wahre Vergnügen der Rache in der Vergebung liegt.

Der Div sagte: „Tage und Nächte ergänzen sich. Ein Maler muss, um die hellen und leuchtenden Teile seiner Arbeit hervorzuheben, dunkle Farben in der Nähe des hellen Flecks verwenden, wie könnte man sonst das Licht sehen? Kann man „'gut'„ verstehen, während man die Existenz von 'schlecht' leugnet? Wie kann man Sättigung beschreiben, ohne Hunger zu verspüren? Der Dualismus der Wahrheit ist ein Muss. Dies kann keine Rechtfertigung für die Grausamkeit des Palid-Baumes sein."

Nana fragte: „Warum hast du meine liebe Apana genommen?"

„Ich bin der Sohn der Wahrheit, was bedeutet, dass ich auch jemandes Kind und einer Mutter lieb und teuer bin. Was auch immer du über den Palid-Baum oder die Wahrheit weißt, ist einer der tausenden von halluzinatorischen Namen, die die Leute dafür gewählt haben. Die Menschen wollen die unbegrenzte Welt durch ein kleines Fenster entdecken. Dein Leiden hat es dir unmöglich gemacht, unvoreingenommen auf die Gerechtigkeit zu schauen, die in der Welt existiert. Wie sicher bist du dir, dass du die ganze Geschichte kennst und dein Urteil richtig ist? Manchmal verhalten sich die Leute genauso wie der ignorante Richter, der ohne Jury und ohne angemessenes Verständnis des Falls urteilt. Sie verurteilen eine unschuldige Person zum Tode, was selbst Ungerechtigkeit ist."

Nana sagte nichts. Sie weinte nur.

KAPITEL 44

Halluzinatorische Namen

Der Div wischte Nanas Tränen mit seinem dicken und rauen Finger weg und fuhr fort: „Meine liebe Nana, du wirst niemals dein Ziel erreichen, solange du in deinen Schmerzen gefangen bist und auf dem Richterstuhl sitzt. Die Leute haben der Wahrheit Palid, dem Tod, der Vernichtung, der Ungerechtigkeit Namen gegeben, aber sie verstehen, dass all diese Titel nur Teile der riesigen Kreatur abbilden, die jetzt vor dir steht. Ist der Tod nicht ein anderes Gesicht des Lebens? Ein neugeborenes Baby kommt wem näher, Leben oder Tod? Ist der erste Atemzug der Beginn des Lebens oder der Kalender des Todes? Kann diese Geburt aus dem Nichts in der Welt der Lebewesen entstehen? Wenn etwas nicht existiert, wie kann es dann eine Kreatur in der Welt selbst sein?

Liebe Nana, wir waren schon immer und sind und werden immer sein. Wir sind nicht aus dem Nichts zur

Existenz gekommen. Wir werden einfach von einer Form in eine andere verwandelt. In Wahrheit bin ich ein Falter, aber auf dieser Seite bin ich ein Div. Liebe Nana, wir werden von Namen geplagt, die nichts weiter sind als ungerechte Vorurteile. Die Wahrheit ist ein Ganzes und es ist unmöglich, die Details zu betrachten und ein perfektes Bild zu erhalten. Es ist sinnlos, in der bekannten Welt nach Apana zu suchen. Du wirst sie hier nicht finden."

KAPITEL 45

Ein Kuss auf Divs Stirn

Angesichts der verschiedenen Gesichter des Todes und der Einfachheit der Natur des Divs versank Nana tief in Gedanken. Sie erinnerte sich an die Hiebe, die voll Wut in die Luft geschlagen hatte. Sie fing an zu weinen, um die Gründe für das, was mit ihr geschehen war, und den Schmerz zu verstehen, den sie immer noch in ihrem Herzen für ihr Elend, ihren Ärger, ihre Qual und ihre Einsamkeit und ihre unbeantworteten Fragen empfand.

Die Wahrheit drehte sich allmählich um und der kleine Div stand geduldig und schweigsam neben ihr. Nana beruhigte sich langsam und betrachtete die tiefgreifende Veränderung, die sich vor ihrem Gesicht abspielte.

„Leidende und das Unbekannte können sich im Laufe der Zeit wandeln. Leiden können sich verändern und Veränderung ist die Identität des Lebens und der

Unsterblichkeit. Der Tod ist ein Wandel und bedeutet den Übergang von der Unbeweglichkeit hin zu, also ist der Tod auch ein Prozess der Unsterblichkeit. Die Betroffenen sind teuer, der Tod kann süß sein."

Nana fragte: „Wie kann der Tod süß oder unsterblich sein? Der Tod bedeutet, dass ich sie nicht sehe und dass sie nicht mehr bei mir ist. Egal wo sie ist, ich kann sie nicht mehr sehen. Und das ist schmerzhaft. „

Der Div lächelte, was sein raues Gesicht ein wenig milder erscheinen ließ. „Was dir Schmerzen bereitet, ist, in der Vergangenheit oder in der Zukunft gefangen zu werden. Sei keine Gefangene der Zeit, der Vergangenheit oder der Zukunft. Nutze die Chance, am Leben zu sein und fordere dein gegenwärtiges Leben heraus. Dies ist dein Weg und dein Leben. Gib es nicht umsonst her. Deine Fragen bleiben für immer ein Rätsel. Kein Mensch wird eine richtige Antwort auf den Tod und seine Folgen finden.

Und was Leiden betrifft;: Ein guter Gärtner beschneidet manchmal seine Blumen. Er beschneidet die Zweige oder setzt die Pflanz sogar von einem Ort zu einem anderen um. Durch diesen Schnitt entstehen neue Bäume. Wenn man ihre Wurzeln ausgräbt und sie in einer anderen Ecke des Gartens in neuen Boden pflanzt, welkt die Pflanze für eine Weile, aber am Ende ist ein schöner Garten mit fruchtbaren Bäumen das Ergebnis dieses Leidens. Man kann die Vorteile des Leidens nicht leugnen. Manchmal ist Leiden eine Herausforderung, sich zu bewegen und zu verändern. Ich sehe ein strahlendes Licht in deinen Augen und natürlich ein paar Furchen unter ihnen, die das Ergebnis von Alterung oder zu viel Weinen sein können. Aber auch diese Furchen sind wunderschön."

Und mit seinen Fingern wischte er die letzten Tränen von Nanas Wangen.

Nana sah den kleinen Div an und küsste ihn auf die Stirn. Sie verneigte sich vor der wunderbaren Wahrheit und verabschiedete sich. Als sie den Kopf hob, befand sie sich vor der Höhle, wo Prinz Zaal auf sie wartete.

KAPITEL 46

Vertrauen

Prinz Zaal freute sich sehr, Nana zu sehen. Er umarmte sie herzlich. Nana war auch glücklich, aber sie war immer noch verwirrt dessentwegen, was sie in der Höhle erlebt hatte. Einige ihrer Fragen wurden beantwortet, aber nicht von dem Standpunkt aus, den sie früher eingenommen hatte. Sie wurden aus der Perspektive eines fernen Beobachters beantwortet. Sie verstand auch, dass einige ihrer Fragen niemals beantwortet werden würden. Vor allem wusste sie, dass sie nicht allein war; sie teilte viele ihrer Fragen, ihr Leiden und ihre Erfahrungen mit anderen Menschen. Viele auf der Welt sahen gleich aus. Nana wurde jetzt klar, dass sie auf diesem Weg nie allein gelassen worden war. Hinter all ihren Abenteuern steckte eine große Weisheit sowie all die vielen unsichtbaren Fäden in ihrem Leben.

Eine süße Veränderung, die sich wie Vertrauen anfühlte, überkam Nana. Sie vertraute darauf, dass sie nie allein gelassen wurde. Sie sah sich nicht länger allein in der unbekannten Welt verloren.

Das Haus muss in der Nähe sein, dachte sie. Sie sehnte sich danach.

Zaal sagte: „Lass uns gehen, teure Freundin." Er lächelte und sie fanden den Weg entlang des Flusses wieder.

KAPITEL 47

Glück ist die Belohnung für die Erfüllung deiner Pflicht

Das Ufer des Flusses war steil und das Wasser floss schnell. Ein Schwarm Fische machte sich langsam auf den Weg in die entgegengesetzte Richtung des Flusses. Nana stand da und beobachtete sie. Ein Fisch war in einem flachen Tümpel in Nanas Nähe gefangen. Es schien, als würde er seinen letzten Atemzug machen, aber es hätte ihn nicht viel Mühe gekostet, sich selbst zu retten.

Nana fragte: „Brauchst du Hilfe?"

Er antwortete: „Nein, dies ist das Ende unserer Reise zur Fortpflanzung, und unsere Aufgabe in der Natur ist erfüllt."

Nana fragte überrascht: „Wie? Es sieht aus wie Selbstmord; hast du keine andere Möglichkeit, dich fortzupflanzen? „

Der Fisch sagte: „Manchmal im Leben sollte man nicht fragen. Woher kommst du und wohin wirst du gehen? Meine Pflicht ist Geburt, Leben und Fortbestand der nächsten Generation. Dem Samen ist es egal, ob er sich in einem Topf oder einem Hain befindet. Es wächst einfach glücklich über seine vorgegebene Mission. Glück ist, die Pflichten zu erfüllen, deretwegen man geschickt wurde. Ich werde in meiner nächsten Generation fortbestehen, also akzeptiere ich mein Schicksal und tue es glücklich."

Nana sah sich den Schwarm Fische genauer an, die an diesem steilen Hang flussaufwärts sprangen.

Ihre muntere Anstrengung kam einem Tanz den Fluss entlang gleich. Eine Stunde später hatten die Fische ihre Mission erfüllt.

KAPITEL 48

Die Geschichte von Zaal

Es könnten neununddreißig Tage gewesen sein, die Zaal und Nana den Fluss entlang gingen. Nana konnte das Meer riechen. Ihr Schmerz hatte durch die ständigen Spaziergänge und unerwünschten Meditationen dieser langen und stetigen Reise entlang des Flusses allmählich nachgelassen. Nana hatte ihre Qualen als Teil der unbekannten Seiten ihres Lebens akzeptiert und gelernt, das Gesetz des Lebens zu respektieren und ihm zu vertrauen, anstatt das Unbekannte zu fürchten oder zu leugnen.

Während einer der Meditationen sah Nana ihren kleinen Hund Charlie, der auf seine besondere, niedliche Art um seinen täglichen Spaziergang bettelte. Nana erwachte aus diesem Tagtraum und blickte Zaal an. Charlie? Sein weißes Haar, lockig, und all das Gehen? In seiner Stille und Loyalität war Charlie in der entlarvten Welt Prinz Zaal.

Nana sah ihn an und fragte: „Was ist deine Geschichte?"

Zaal lächelte und sagte: „Dann bin ich wohl an der Reihe. Bevor ich ein Hund wurde, war ich ein stolzer, selbstsüchtiger und rachsüchtiger Prinz. Ich habe zu viele Herzen gebrochen. Aber das Leben gab mir die Chance, mich zu ändern. Ich bin bei einem Unfall gestorben und in meinem neuen Leben ein Hund geworden, wie du weißt. Ich hatte eine Halterin, die ich sehr liebte, und ich habe versucht, niedlich zu sein, um mehr Aufmerksamkeit von ihr zu bekommen. Es war manchmal schwer, ihr zu gehorchen, ihre Regeln zu ertragen, die gegen meine Natur verstießen, aber ich hatte keine andere Wahl. Natürlich war die alte Dame auch manchmal nett zu mir. Dann wurde sie von der Dunkelheit über der Brücke verschlungen, und das war eine gute Gelegenheit für mich, dem Hundeleben, das ich hatte, zu entkommen. Aber dann habe ich dich gesehen, einsam und verängstigt. Es war nicht so schwer für mich, weil du mich brauchtest. Ich habe mich damals entschieden, dein Hund zu sein und bin meiner alten Dame nicht in die Dunkelheit gefolgt. "

Nanas Augen waren voller Tränen. Sie wusste nicht, was sie sagen sollte, und antwortete einfach: „Du bist der treueste Begleiter, den ich auf meiner Reise hatte."

Zaals Augen leuchteten wegen ihres schmeichelhaften Komplimentes. „Nun, wir haben das Meer erreicht, aber ich kann die entlarvte Welt nicht in der Form und dem Körper verlassen, die ich jetzt habe. Also auf Wiedersehen. Pass auf dich auf! Du wirst mich sehr bald wieder besuchen."

Dann drehte er sich um und verschwand hinter den Bäumen.

KAPITEL 49

Der vertriebene Div der Geschichten

Das Meer, dieses riesige, wilde und ruhige blaue Wasser, befand sich jetzt direkt vor Nana. Die Wellen kamen und gingen und küssten ihre Füße. Sie waren verzückend und bezaubernd. Der große Div, der von dem Palid-Baum wegen seiner Entscheidung, mit Nana einen Handel abzuschließen, abgelehnt worden war, war dort.

Nana ging zu ihm und sagte: „Verzeih mir, ich wusste nicht, dass ich dich mit der Wahl, vor die ich dich gestellt habe, zu einem Wanderer hier und in der anderen Welt gemacht habe."

Der Div antwortete: „Bereue es nicht! Auflehnung ist wunderschön, besonders aus Gründen der Liebe."

Das seltsame Geständnis der Liebe des Divs erschütterte Nana: „Wessen Liebe?"

Der Div sagte: „Schau niemals einer Frau in die Augen, die ein Kind unter ihrem Herzen trägt! Erinnerst du dich daran?"

Nana sagte traurig: „Es tut mir leid."

„Das muss es nicht!", sagte der Div. „Die Welt der Liebe ist eine so schöne Welt, die nicht mit den beiden Welten vergleichbar ist, die du kennst. Wegen der Liebe bin ich nun kein Div mehr. Durch den Verlust meines Körpers bin ich eine dynamische Kraft und frei von allen anderen. Deinetwegen erstrahlt meine Existenz in einem ewigen Licht. Meine liebe Nana, du warst ein Fenster in meine Welt der Liebe und Auflehnung. Mein Leben hat eine Farbe erhalten, die schöner ist als alle anderen Farben und einen lieblicheren Geschmack als jede Süßigkeit. Ohne dich war ich nicht schön, doch jetzt bin ich es. Und jetzt bin ich wie dieses weite Meer. „

Die Worte des Divs berührten Nanas Herz. Der Div war nicht mehr die Kreatur, die sie beim ersten Mal getroffen hatte. Er war nicht nur ein Div, er war eine Welt der Schönheit.

Nach einigem Nachdenken sagte Nana zu dem Div: „Versprich mir etwas!"

„Was?"

Nana sagte: „Sei der Div, der mich eines Tages fortbringt. Natürlich bist du meine Wahl, von dieser Welt in eine andere zu gleiten."

„Nein, es ist an mir, dich etwas zu fragen!" sagte der Div.

Nana sagte: „Dann frag mich!"

Der Div gab Nana die gläserne Blase seines Lebens und sagte: „Bitte sei derjenige als Mensch, der mich davon befreien wird, ein Div zu sein."

Es war sehr schwierig für Nana, das zu akzeptieren, weil sie wusste, dass es den Div töten würde. Sie wusste dies aus den Geschichten, die ihre Mutter ihr vor Jahren als Kind erzählte.*

Endlich verstand sie. Es war an ihr, seine Bitte zu erhören. Also nahm sie das Glas seines Lebens und zerschmetterte es auf dem Boden. Das Glas des Lebens zersprang in tausend Stücke, und jedes Stück verwandelte sich in blaue Wassertropfen und wurde eins mit dem Meer. Der Div löste sich in weißen Rauch auf und schloss sich den weißen Wolken an, um als Segen über verschiedene Länder herabzuregnen.

* In persischen Mythen ist das gläserne Herz der Divs aus ihrem Körper und wenn jemand es findet und zerbricht, wird der Div sterben.

KAPITEL 50

Der Ring

Das Meer blickte Nana mit ihren feuchten Augen an und fragte: „Was willst du?"
Nana sagte: „Übersetzen!"

Das Meer sagte: „Ich werde dir die Passage nennen, weil ich dir etwas schulde. Eines Tages rissen meine Wellen einen Ring von deinen schlanken Fingern, den deine Mutter dir gegeben hatte. Erinnerst du dich?"

Nana besann sich auf diese bittere alte Erinnerung. Einmal hatte sie in ihrem Heimatland mit ihrer Familie eine Reise zu einem Meer unternommen. Dort verlor sie ihren Ring beim Schwimmen,. Wenn sie danach auf ein Gewässer traf, beschwerte sie sich in ihrem Herzen wegen ihres verlorenen Rings über die Wellen. Für Nana waren alle Meere gleich und miteinander verbunden. Dort, am Ende des entlarvten Landes, kannte das Meer ihre alte Geschichte und versuchte zu helfen.

Aber nirgendwo auf der Welt geht etwas verloren. Das alte Meer wollte ihr den Verlust des Rings ersetzen, indem es ihr einen Hinweis auf ein Passwort gab. Die kleine Nana von gestern hatte so viele Dinge verloren, die wichtiger waren als dieser Ring, dass die Erinnerung an i diesen Verlust sie nicht mehr schmerzte. Sie wünschte, all die Dinge, die sie verloren hatte, wären so unbedeutend wie dieser Ring.

Aber nichts schien irgendwo auf der Welt verloren zu sein, nicht der Ring eines kleinen Mädchens oder ihr verlassenes Land und auch nicht die Flügel, die ihr Mann vor dem Eisernen Tor zurückgelassen hatte. Sie hatte während ihres Lebens gelernt, dass es keine Fehler gibt, keine Verluste in der Welt. Sie war also nicht überrascht über das/darüber, was das Meer ihr erzählte.

KAPITEL 51

Tanz des Feuers auf dem Wasser

Das Meer sagte zu Nana: „Der Weg zum anderen Ufer ist der Tanz des Feuers."

Nana schwieg, wie sie es von der Gans gelernt hatte. Stille war der Schlüssel, um die Antwort zu hören, die, wie sie wusste, neben jeder Frage existierte. Sie ließ sich auf dem Sandstrand nieder und starrte ins Meer. Die Sonne schien auf die tosende Oberfläche des Meeres, wo die Flammen tanzten. Sie fand die Antwort, sprang sofort ins Wasser und ließ sich auf dem Meer treiben. Gleich den Wellen auf dem Wasser ließ sie sich mühelos treiben, hin und her wogend, begleitet von den Flammen, die sich als Reflektionen des Sonnenlichts auf dem Wasser herausstellten. Sie blickte zum Himmel empor und ließ das Licht, den Tanz und das Blau des

Himmels in sich strömen, sich davon ausfüllen. Den Tanz der Wellen begleitend tanzte und erstrahlte auch sie Unter der Führung des Meeres wurde Nana langsam vom Ufer fortgetrieben.

KAPITEL 52

Hingabe

Das Meer erfüllte Nana schon immer mit großem Schrecken. Das gewaltige blaue Wasser mit all den Kreaturen darin war ihr immer als das Bedrohlichste erschienen. Das Meer und der Himmel darüber waren nichts als ein endloses, allumfassendes Blau. Es war, als ob sie in einer sehr großen blauen Blase eingeschlossen wäre. Sie fühlte sich klein, und sie weinte, da sie nichts auf dieser Welt war, nicht einmal ein Punkt im Universum. Der Tag wurde allmählich zur Nacht.

Der dunkle Nachthimmel erschien ihr sogar noch größer. Nana wusste, dass einige Sterne schon vor langen Jahren ausgelöscht worden waren, lange bevor ihr Licht die Erde erreichte, aber sie konnte sie immer noch sehen. Sie waren so weit entfernt, längst vergangen, doch bis jetzt waren sie ein heller Punkt am Firmament geblieben. Nana wusste, dass es neben dieser Galaxie noch weitere gab – Millionen von ihnen. Sie waren so groß, dass die großen Sterne nur ein winzig kleiner Punkt vor ihnen waren.

Ihre Furcht wurde im Laufe der Nacht größer, und Nana fühlte sich kleiner und kleiner. Sie blickte auf ihre eigene kleine Welt. Ihre Trauer um Apana war unbedeutend im Vergleich zu diesen gewaltigen Riesen.

Alles erschien ihr vergebens. Alle Gier, alles Vergnügen, aller Stress und aller Krieg. Alles war so klein und bedeutungslos für sie im Angesicht dieser großen, großen Dinge. Nana blieb bis zum nächsten Morgen versunken im Nichts und auch im Wasser des Meeres. Sie hatte sich dem Meer und ihrem Schicksal ergeben. Es trug sie an einen Ort, an dem niemand etwas wusste.

KAPITEL 53

Plankton

Eine riesige Walherde näherte sich Nana. Diese schönen und majestätischen Tiere waren viel größer als auf den Fotos und in den Filmen, die Nana gesehen hatte. Ihre freundlichen Augen waren so grau wie zwei große Murmeln. Ihre Münder waren so groß wie eine Höhle. Nana hatte Angst, von den Walen verschlungen zu werden oder im Kielwasser der riesigen Schwanzflossen der Wale zu ertrinken. Aber sie waren geschickte Schwimmer.

Einer von ihnen sagte: „Hab keine Angst, Nana! Unsere kleine Freundin! Wir fressen nur Plankton."

Nana wusste das. Plötzlich erinnerte sie sich an ihr Gefühl der Geringfügigkeit/Bedeutungslosigkeit in der vergangenen Nacht. Plankton, diese kleinen Partikel in der großen Weite des Ozeans, waren der wichtigste Bestandteil der Nahrungskette in der Natur, insbesondere für diese großen Kreaturen.

Die Wale sagten: „Klein oder groß, alles ist miteinander verkettet. Niemand in dieser Kette ist wichtiger als der

Andere. Jeder hat seine eigene Rolle. Nichts auf der Welt ist unbedeutend. Der Flügelschlag einer Fliege oder eines Schmetterlings irgendwo auf der Erde kann die Ursache eines Sturms an einem weit entfernten Ort sein. Ein einfaches Lächeln kann einen gewaltigen Unterschied in der Welt machen. Wir sind alle miteinander verkettet, und ein Lächeln wird Tausende von Tagen anderer Menschen erhellen/verschönern. Ein Lied kann irgendwo Regen niedergehen lassen. Wir alle sind die Schöpfer und Architekten dieser Welt. Lass die Welt durch deine Worte schöner werden. Tanze, wenn du singst. Egal wer es sieht oder davon weiß, das Wichtigste ist, dass nichts verloren geht. Glück bringt Glück und Traurigkeit bringt Traurigkeit. Wir kommen in diese Welt, um ihr Schönheit hinzuzufügen. So schöne liebe Nana Schöne, liebe Nana!"

Diese Worte berührten Nanas Herz. Zweifellos gab es einen Grund, warum sie auf die Welt gekommen war, obwohl sie nicht wusste, welcher es war. Und zweifellos sollte sie eine wichtige Rolle in der Welt spielen, ganz egal wie klein oder unbedeutend sie auch sein mochte.

Sie sah zu, wie die Wale vergnügt und begeistert fraßen. Der Kontrast der Schönheit bestand im Zusammenspiel der größten und kleinsten Kreaturen des Meeres, des Planktons und der Wale.

KAPITEL 54

Ein Land namens Welt

Am nächsten Morgen hatte sich der Wellenschlag verändert, und durch ihren Körper konnte sie den Sand fühlen. Sie setzte sich auf. Sie hatte das Ufer erreicht. Sie hörte auch einen Hund und die fröhliche Stimme eines Kindes. Es war die Stimme ihres kleinen Sohnes. Ihre kleine Familie kam, um sie freudig willkommen zu heißen. Nana war ein wenig überrascht. Wo war die Brücke? Das neblige Land? Es war ein sonniger Tag. Ein Stück weit von Dara und Charlie entfernt sah sie ihren Mann mit einer jungen Frau auf sich zukommen. Nana versuchte, genauer hinzusehen, aber Dara griff nach ihr und umarmte sie herzlich. Charlie wedelte mit dem Schwanz und bellte glücklich.

Dara gab seiner Mutter die Blume, die er in seiner Hand gehalten hatte und sagte langsam, tief in ihre Arme gesunken: „Mama, ich dachte du würdest nicht mehr zurückkommen!"

Nana strich ihm seine braunen Haare hinter die Ohren. Er roch immer noch wie ein Kind. Unsterblich und seidig. Bedächtig sagte sie: „Ich werde dich nie alleine lassen, mein Leben!" Dann blickte sie ihren Mann und die Frau an, mit der zusammen er sich ihr langsam näherte. Die Frau war Apana. Sie trug ein langes rosa Kleid und einen Blumenkranz auf ihrem offenen Haar.

Apana umarmte Nana glücklich und sagte: „Willkommen, Nana."

Nana war verwirrt. Wie konnte das sein?

Apana bemerkte die Verwunderung ihrer Schwester und sagte: „Meine unsichtbaren Zeit- und Ortsketten wurden durchtrennt. Ich kann überall hingehen, aber ich bleibe gerne hier in deinem Haus, bei dir. Ich werde bei dir bleiben, solange du hier bist."

Tränen strömten aus Nanas Augen. Dann begrüßte ihr Mann sie und ergänzte: „Lass uns nach Hause gehen! Es ist so sauber und ordentlich, wie du es immer gehalten hast. Jetzt ist die Zeit zum Feiern!"

Sie gingen zum Haus. Es sah wärmer und jünger aus, mit blühenden Kirsch- und Apfelbäumen. Nana blickte aus ihrem Küchenfenster, von wo aus sie die Brücke beobachtet hatte. Doch es gab keine Brücke. Eine Weile lang fragte sie sich, wohin die Brücke verschwunden sein mochte. Dann dachte sie an die Dinge, von denen sie glaubte, dass sie existieren, doch in Wahrheit gar nicht taten. Sie erinnerte sich an all die unlösbaren Probleme, Ängste, Überzeugungen, an Grenzen und Nationalitäten. Sie dachte an so viele Dinge, die sie irgendwo während ihres Lebens verloren hatte, wie die Schneeflocke, die am Anfang der Brücke auf ihrer Hand geschmolzen war.

Es hatte nie eine Brücke gegeben. Nana wusste, dass es sehr viele erfundene Begriffe auf der Welt gab. Begriffe wie Rasse, Nationalität und Grenzen. Es gab kein Land, das eine Brücke brauchte, um sich durch sie mit der Außenwelt zu verbinden. Es gab nur ein Land, ein Land namens Welt.

Das End

www.ingramcontent.com/pod-product-compliance
Lightning Source LLC
LaVergne TN
LVHW041640060526
838200LV00040B/1648